小说家的散文
豫籍作家系列

二月河 著

佛像前的沉吟

河南文艺出版社
·郑州·

作者简介

　　二月河（1945—2018），作家，祖籍山西昔阳。曾任郑州大学文学院院长。其主要作品有长篇历史小说"落霞三部曲"——《康熙大帝》《雍正皇帝》《乾隆皇帝》，在海内外享有盛誉，并被《亚洲周刊》评选为"二十世纪中文小说一百强"。另有散文随笔集《二月河语》《密云不雨》《匣剑帷灯》等多部。曾荣获"最受海外读者欢迎的中国作家奖"。

目录

辑一

——3——
笑侃"过年"

——10——
过清明,有所思

——15——
端午节话五月

——19——
中国的"情人节"——七夕

——24——
八月十五拜月记

29

重阳随想

35

闲话十月朔

41

腊八粥

46

冬至况味

辑二

53

佛像前的沉吟

59

昔阳石马寺

64

意外香严寺

68

随喜丹霞寺

73

断想慧能

79

如是我闻,汝来白马寺

84

从洛阳到南阳的神

辑三

93

孑遗仅存——赊店镖局

98

社旗的关公

102

初记白河

107

花洲情缘

114

凭吊陈胜王

119

怎一个"悔"字当得

125

都江堰的神

130

神幽青城山

135

山西情缘

167

满井村一过

辑四

173

银杏情结

179

读书的旧事

182

戏笔字画缘

187

西游的味道

192

"正清和"的思谓

197

"林四娘"题材运用

辑一

笑侃"过年"

中国人最讲究什么？打开二十四史看，无论春秋达意，抑或信史直述，其实讲得最扎实的只有两个字：礼、孝。由此发端衍化出来的崇拜情结，各个时代叫法版本不同。到了清代，中国社会风景最茂的时候，叫作"敬天法祖"。这是社会生活中最重要的精神内核。平常时节只是在言语生活行为中体现。到过年，也正是劳累一年"该歇歇气儿"时，农业国，这时是全民都有点空闲时间的，于是便张忙这事。

打开《红楼梦》看，贾府里说得最热闹的事，不是宝玉、黛玉等一团团的"恋爱雾"，也不是飞短流长的各种人事演绎，元旦祭祀，是贾府内部最郑重最繁复的社会活动。其实何止贾府？贾府如是动作，与之同时，普天下的人都在动。我们现在是"二十三，送灶王爷上天"——农历二十三，全民进入"年时"。

腊月二十三送灶王爷上天，二十四扫房子，二十五磨豆腐，二十六去割肉，二十七杀灶鸡，二十八把面发（蒸馒头），二十九灌（买）黄酒，三十儿捏鼻儿（包饺子），初一拱揖……天天干什么，不用政府下令，全民都一致。就是白痴，怎么过年？"傻子过年看隔壁"——我傻，瞧人家包饺子，我也包。过年时所有的傻子都会聪明得如同正常人。

我有一本《清嘉录》，里头有专写腊月、正月的过法的。其实，真正的情况是，入腊月，忙年就开始：跳灶王、跳钟馗、吃腊八粥、做年糕、制冷肉、送皇历、叫火烛（乞丐们每夜打梆子喊"小心火烛"）、打尘埃、过年（放鞭炮送诸神）、蒸盘龙馒头……一天有一天的事，都是规定好了的"口令"。正规地进入"年"，却比我们今天迟了一天，是腊月二十四，叫"廿四夜送灶"。

我住在南阳，每到腊月二十三夜十二点，满城的爆竹会响得暴雨一样。近处的"嘣""啪"震耳欲聋，远处

4

的不分个儿,有点像开锅的稀粥。这个时候,我常常到阳台上去看,呀!到处都在闪烁着爆竹火光,二踢脚、地老鼠、小焰火,明灭不定中伴着清脆或沉郁的爆响。有时下雪,那就更好看,硝烟中闪着光,雪片被染成五彩缤纷在硝烟中荡漾,夹着密不透风的响声……那是什么景观?你来看看才知道,二月河用笔跟你说不明白,拍照片不行,录音也不行,录像摄像呢?恐怕都不行,气氛是没法"表达"的。

城里人现在简单,在这样的气氛下全家吃点、喝点,打开电视看点什么。乡里人怕还要祭灶的,胖乎乎的灶君夫妇,两旁贴着对联"上天言好事,下界保平安",香烟缭绕中人神欢喜。

《清嘉录》里头说得就更热闹,那是腊月二十四日:

> ……比户以胶牙饧祀之,俗称糖元宝。又以米粉裹豆沙馅为饵,名曰谢灶团,祭时妇女不得预。先期,僧尼分赇,檀越灶经,至是,填写姓氏,焚氏禳灾……穿竹筋作杠,为灶神之轿,舁神上天,焚送门外,火光如昼……

太繁复了,这还不到五分之一的"工作"。清人杨秉桂有诗：

> 残烛匆匆一年又，门丞贴旧须眉皱。
>
> 祀灶人家好语多，烛影草堂红善富。

清人那时似乎没有我们今天人说的"二十四扫房子"这些口令。接下来的年事令人愈来愈眼花缭乱：灯挂、挂锭、买冬青柏枝、喝口数粥（赤豆杂米粥，食之可免"罪过"）、接玉皇、烧松盆、照田财、送年盘、存年物、过年市——就是亲友来往，送东西，备年货，火爆喜庆气氛充满人世间。佛天人物似乎都亢奋起来了。到除夕这一天，新门神贴出去，一切正常的社会业务全部停止。比如说：做生意、谈事儿、讨债要账——这样惹人烦的事，对不起，你不能进门了，有话过罢年再说！

除夕夜，合家团聚、举宴，这一条规矩，我们至今仍旧坚持执行着。这一夜是一个家族一年之中最欢乐、最郑重、最富足、最……什么呢？最和谐温馨的一夜。家中多少事都放下。为了多享受一些这样的幸福时刻，形成的规矩叫"守岁"，也有叫"熬年"的。一家人围炉团坐，说喜庆话，说福禄，说丰收，说祖上之德，说丰年有余，说到后半夜，小孩子熬不住，睡在大人怀里，大人们撑着眼皮搭讪着还在说。这天晚上吃饺子，北方家家如此。

我的姑姑说："年岁夜的饺子大家包，但你奶奶要一个一个仔细看。（往锅里）下饺子，只有你奶奶看锅。这图的吉利，一个饺子也不能煮破的。"饺子皮不够，不能说"皮儿少了"，要喊"馅儿多了"。馅儿少了也不能说，要喊"皮儿多了"。我们如今是锅一开，笊篱一捞，合家就吃。昔时的吃法，头一碗捞出来，必定是恭恭敬敬供到祖宗牌位前，满供桌的供享呀！各色点心、油炸面食、冷肉……都是平时根本吃不到的，琳琅满目供在桌上。老爷子带全家老小给祖上磕头，上供上香，礼敬如生，循循下退。然后是后辈子孙给健在的老爷子、老太太磕头，领压岁钱。这些事毕，才能开怀痛吃、痛饮。我父亲说过他幼时偷吃供享的逸事——那盘点心太诱惑他了，他偷吃了两块，把余下的重新码齐了，躲出去。过了一会儿又忍不住，再过去偷吃两块……后来，见重新码盘子也掩不住偷吃的事了，干脆一不做、二不休，把满盘点心吃了个精光……爷爷倒也没有责罚他。

关于这一夜，清代周宗泰《姑苏竹枝词》云：

妻孥一室话团圆，鱼肉瓜茄杂果盘。

下箸频教听谶语，家家里合家欢。

这年夜是诸神降临时，说什么就会应什么，人说话都托着舌头，稍不吉利的话一句也不说。

还有一项颇有意思的活动，今天已经失传，那就是"镜听"。这件事从祭灶开始到正月十五，几乎每家都做，预卜来年家庭形势——大清早起来，怀里揣面镜子，到祖宗牌位前念念有词："并光类俪，终逢协吉……"然后出门，听见外人说的第一句话，比如说"您好""您吉祥"——得，这就是你一年的兆头。这件事我在写《康熙大帝》时移植了进去，写明珠用镜听卜算考试功名的事。

再接下来的年事：行春、打春、耕春、拜牌、接喜神、上年坟、小年朝、接路头、看参星、斋天、走之桥、放烟火……直到闹元宵，一连三天闹，轰轰烈烈的年事告结。

过年的国家，不止我们。一些东南亚国家几乎与我们是同步进行的。三年前我到马来西亚，听当地华人说："我们这里过圣诞，过元旦，也过年。"祭天地、祀祖宗的活动仍旧热闹红火。我在大陆看我们自己过年，也伴着圣诞和元旦,随着浓重年节硝烟的弥漫,东方的神和西方的神在天上握手,东西方文明也在糅合,快乐而庄重的钟声交织着、撞击着,会给普天下送来新的春天。

过清明，有所思

中国人信神和外国人不一样，洋人信的——我看是很专一。信天主就是信天主，信基督就是信基督。就是穆斯林，那肯定只信一个穆罕默德——他绝不往别的庙里去掺和，即使进庙随喜，那肯定也是好奇，身子笔挺，连个躬也不会鞠，手懒散合十，礼拜也是没有的事。倘是道地的汉家百姓，那是见庙就拜，见神就磕头的。"头顶三尺有神明"，什么事都有神管着，上头顶级的是玉皇大帝，一层层下来到十殿阎罗，海有龙王，井、河湖、山莫不有神，城有城隍神，宅有宅神，门有门神，灶有灶神，走道有大纛神……你看这块地平平无奇，那有土地神管着！你到大庙上去看一看就明白，最高处顶上还矗着个小庙房高高在上——是姜子牙封神,封得没了位,他就踞坐于万神之上,叫"诸神辟易"。

在阳间做事,当然有一整套的人事制度,"礼义廉耻,国之四维",那是不消说的。但人总是要死的。死了之后呢,变成了鬼,鬼们就归神管着。我在《聊斋志异》上看到,鬼也会死的——人死为鬼,鬼死了呢,叫聻。人怕鬼,鬼和人一样怕鬼一样的聻——这不知是蒲老先生的"蒲撰",抑或另有一套学术体系?

这么着,过节就过得有点麻烦了。事死如生敬祖宗,祖宗在阴间也得过节,他若不能好好过节,便是活人的不孝,这和"礼"又息息相关。孔夫子没有说过有鬼神,也没有说过没神鬼,他留下了一道题给后人做,大家就忙活得七颠八倒,有了种种的"节",咱们过呀过呀,再过呀。阳间的人节是三节:端午、冬至和除夕。阴间的人呢?一个不多一个不少也是三节:清明、七月半和十月朔。

七月、十月现在不到,四月五日便是清明,这个节怎么过法?我看我们现在的清明,真的是简化版本,简化了又简化的程序。民俗云"早清明":夏天来了,阳气太盛，鬼们过了清明就要到地下了，趁着清明我们要及时把他们需用的钱物、吃喝穿戴用的东西备齐，所以要"早"，不宜在节后送。早早地准备了金银纸锭、烧钱纸、阴钞、时鲜果品，男丁们趁夜灯下很认真地在草纸上象征性地印着百元大钞，一下，一下……印很多，第二天合家一齐上坟，或到陵园，请出骨灰匣，放爆竹、洒酒、设祭、焚纸钱、磕头或鞠躬，然后回家，各忙各的阳间事去了。

我查查清时的清明，复杂。上述的活动当然是肯定要办的。清明节前一两日，那也是节，叫"寒食"。实际上和清明是配套的，要预先把熟食准备好，因为清明这一天不准动烟火。倘有新亡者，这一天要设筵相待至戚，俗称"排座"。若是新丧未过七天，那就还要请僧道诵经礼忏。市上有专门为清明祀祖卖的青团熟藕，有诗为证：

相传百五禁厨烟，红藕青团各荐先。

熟食安能通气臭，家家烧笋又烹鲜。

即便上团坟，儿子上坟、女婿上坟、男人上坟、女人上坟各自有各自的礼数规矩，也各有各的情致。野地到

处是坟院,纸钱焚起,亦自成一道特殊的景观。这当然不是喜庆节日,风烟钱灰之中,有《纸钱诗》云:

> 纸钱纸钱谁所作,人不能用鬼行乐。
>
> 一丝穿络挂荒坟,梨花风起悲寒云。
>
> 寒云满天风刮地,片片纸钱吹忽至。
>
> 纸钱虽多人不拾,寒难易衣饥换食。
>
> 劝君莫把纸钱嗔,不比铸铜为钱能杀人。
>
> 朝为达官暮入狱,只为铜山一片绿。

这位诗人佚名,但我觉得他很有意思,一句诗中插进了九个字的,也不讲究押韵,有点"自由主义"味道。但这首诗说出了清明时节不光是"雨纷纷",还有一些更深的人文思索。

我一直以为,早先在封建社会有这些鬼节什么的,妇女们相对比较自由。过人节她们得照人的道理去做:大门不出,二门不迈,死闷在屋里不动;过鬼节要祀祖,而祖宗们在野地里,如果不是新丧,能出门到旷野去散散风,她们除了面目必有的肃穆之外,心中未尝不能有一分窃喜? 这也有诗为证:

> 清明一霎又今朝,听得沿街卖柳条。

相约比邻诸姊妹，一枝斜插绿云翘。

她们过鬼节，"节外"的兴致高着呢！

端午节话五月

　　五月端午起自屈原怀沙沉江,楚人恐其遗体为水族所伤,抛果饵点心米粽于江中以代食,因以成习,成了一个节。这个掌故几乎是无人不喻、无家不晓的了。但中国"鬼节"有三:清明、七月半和十月朔;"人节"也有三:端午、冬至和除夕。端午是头一节,这个事就未必人人皆知了。

　　我们可以看看中国的神,其实都是死了的人,譬如门神,秦琼和尉迟恭,玉皇大帝叫张有仁,二郎神杨戬,都城隍叫纪信,那是汉高祖封的。就是每个城池都有的城隍,你去仔细按察吧,他一准生前是个"名人","聪明正直谓之神",按照这一标准规范,屈原偌大的名头,偌高的品行，又是那等一个死法，他肯定是要当神的。推起屈原本事，这位超迈千古的爱国主义大诗人，其实爱的只是楚国。与我们今日的版图而言，很大很多的地方他是不爱的，有的地方，比如陕西，非但不爱，而且是切齿痛恨的吧？但"爱国"二字加上"主义"，一下子就把问题实质说清楚了，那是一种精神，一种情愫，一种升华了的品德，一种人文品格的结晶。岳飞爱的是大宋王朝，他想把金人赶出去，而"金人"我们知道也叫"肃慎"，是满族人的祖先，也还统统是华夏民族的一部分。我们说岳飞"爱国"，也还是说的他的"主义"，这种"主义"和屈原是先后辉映光照千古的。

然而五月在民俗中不是个好月，有称"恶月"的，也有叫"毒月"的，恶而且毒。你听听，什么好词儿啊！为什么这样叫，没有见正规的说法，可能是还与楚国天候有关。由春入夏的季节，不但酷热人不能堪，蚊虫小咬之类，尤其是瘴疠毒霾这时也格外嚣张。屈原选在这个月死，我估计除了心情极坏，加上这些因素，人就格外过不得。昔时古人过五月过得很小心，"百事多禁忌"。为了辟邪，有钱人家都要花不少钱，到附近道观里去请一道"天师符"粘在客厅里镇恶,烧香要从五月初一烧到六月初一,红黄白纸用朱砂画韦驮镇凶图,小户人家另有办法,花几文制钱,买五色桃印彩符,画姜太公,还有聚宝盆、摇钱树之类,贴在庭院里。佛教徒则早有寺中和尚先期送来印好的文疏,填好姓名,初一就焚化,这叫"修善月"。读书人又是一种做派,堂上挂的钟馗图,说是不信鬼神,这东西也还是用来驱邪魅的。清人李福有诗云:

> 面目狰狞胆气粗,榴红蒲碧座悬图。
>
> 仗君扫荡幺么枝,免使人间鬼画符。

这些当然都是迷信,成了俗,迷起来,信起来,家家户户都忙着干,就变成了一种社会情味,成了如同洒扫庭院一样的平常事。老的少的,进庙求符,回家烧香,那是高兴的气氛,过节的心情。

这事要连忙几天,到端午,也就是屈原的忌日,不但没有丝毫驱鬼祛邪的阴森气,反而成了大喜庆日子。《红楼梦》里头说是"瓶驻留春之水,户插长青之艾"。那是简约得很了。想想看吧,这一天大致家家都这样,穷富人家都会在上房客屋里摆上瓶子,插着新鲜的葵花、蒲蓬，还有火红的石榴等物，妇女们要在发髻上簪石榴花——这在平时是绝对不能的，此刻有名目，叫端午。到了中午，家家都要举筵"赏端"，除了尽力铺陈家中美食，还有特别的食物，米粽、点心、熟蒜头、红鸡蛋之类，门插杨柳青艾，樽倾雄黄烈酒，并截蒲为剑，割蓬作鞭，一家人在暖日融融中聚会吃喝——这哪还有一丝凶呀、恶呀！罗马人过去过狂欢节，要先杀一个犯人，断头台上刀铡血溅后，接着狂欢；我看大仲马的《基度山伯爵》里有这个情节，总想，罗马人会生活。查到中国人的五月，不禁莞尔，我们中国人不杀人，照样把五月过得美美的。

中国的"情人节"——七夕

每到二月十四日，便会有无数的短信发来表示"情意"——于我而言也就是个熟人问候，借了"情人节"来做调侃，想起来肚子里时常发笑。洋人们其实是因为太富了，各种玉食都受用了，变生方法来寻找情趣。这个日子不过是个寄托就是了。但我们的年轻人对这个舶来的情人节很重视。这不需要复杂的调查，你到花坊看看就会知道了，所有的玫瑰都卖得精光——这就是实证。我常想，这世界第一倒霉的树种当然是枞树，美国人、英国人每逢圣诞就杀它，回去给自己开心，最晦气的花卉是玫瑰吧？人一谈恋爱，或甚稍对人有点爱意，便剪它的花头。尽自这样想，我并没有惋惜的意思。作为种植供玩赏的花树,如同家畜杀用,非常正常。

中国也有情人节,老牌子的,正宗的——牛郎织女七夕会,不过它不叫"情人节",七夕就是"七夕"。

牛郎织女那段缠绵悱恻的故事,不是父母讲给我的。他们都是职业革命者,不讲这些个。我先是听了同学的母亲说,后又看小人书,自己获取了这个知识。天上的牛郎星与织女星遥遥相对,当中隔着浩渺的银河。有几年每到农历七月初七,我常坐在石头上仰望天空,想看他们"相会",但总是阴天,黑咕隆咚的,什么也瞧不见。二月河这般傻气,我的读者一定会笑的。其实即便是"情人",世上有几对能"终成眷属"的?而成眷属照样过情人节那才叫过瘾!

小时候一直觉得牛郎织女的故事不圆满,王母娘娘吃饱了撑的,管这闲事!但后来明白,不圆满的东西才是最美的。阿佛洛狄忒倘无断臂,她还会享有顶级绝世的风华吗?朱丽叶如果真成了贵妇人,谁还替他们掉眼泪?贾宝玉和林黛玉也是一般,若真的战胜贾氏宗亲,摒弃薛宝钗,八抬大轿成婚,林黛玉作为"宝二爷夫人"主持家政……有什么意思呢?总之,我觉得七夕的故事很有美学追求,很高雅,很"现代"的!

古时中国人对七夕节过得是极其认真的。我翻了一下清人笔记,过七夕比过八月十五记载要详明十倍。七夕前,六月下旬这个节实际上已经开始了。点心店开始制作"巧果",用面和白糖绾成花样用油炸了,我们今天叫"甜麻花",当时的人叫它"苎结"。到正日子这夜,家家户户正厅要摆拜坛,有钱人家是在"露台"上——大约相当于我们今天的阳台?没钱的穷人就在院子里,鲜花、巧果、点心、甜酒都摆上去,燃上香,然后举家望空礼拜。这是有诗为证的:

　　几多女伴拜前庭,艳说银河驾鹊翎。

　　巧果堆盘卿负腹,年年乞巧靳双星。

这实在是女人们借机抒发情绪的一个节日。中国女人可怜,自宋以降就没有了恋爱自由。实在话,中国的男人们也没有恋爱自由,都不能说"爱"字,只好"乞巧"。我想那些人跪在庭院中间向牛郎织女喃喃祷祝,心里想乞什么,真的是天知道。另有一诗或道出个中玄机:

　　乞巧谁从贷聘钱,瓜花谷板献初筵。

　　阿侬采得同心果,不为双星证凤缘。

这是真的,这个节各地过法大同小异。巧果有的地方油炸,有的地方则不炸,追求的是它的花样,工巧、玲珑、美观。礼拜程序和祈福内容也是不尽一致。有的地方财主们还要请僧尼,聚族筵礼拜,繁复得很。它既然叫"乞巧",怎么判定神示你是聪明闺女还是笨丫头呢?是这样操作的:七夕这夜,盛一碗水,置在拜台上,第二天早晨,受试女孩要向碗里放一根针,十分小心地放在水面上,针如果沉下去,算你笨。水是有张力的,针能浮在水面上呀!你行,聪明。

这些都是旧俗。今天的人当然不会去拜牛郎织女,我看了许多宾馆,摆的都是赵公元帅、关公,除了财神什么也不拜。我以为某些时尚青年对爱情的向往,比之我们老一辈对中国爱神牛郎织女二星的崇敬,显得很浮浅与猥琐。

人们希望七月的喜鹊会带来爱情的幸福。我读金庸的《神雕侠侣》,书里有种植物叫"情花",生的地方也惊人心魄:绝情谷。爱情的心态犹如中了"情花之毒",契合如符。极佩服老先生的想象力。他八十多岁吧,去年还和他在深圳作了一次对话。我思量这情花及绝情谷的形象思维,肯定是他年轻时的奇思妙想,老年人思量不来这意思。

甜蜜＋痛苦＝爱情。我们先祖就懂这一条。中央电视台制作一个专题片,请我去嵩阳书院当"导游"。我说了对程、朱一些不恭之词,他们删掉了。其实他们不该删掉的,客观地说,程、朱的学术还是应当受到尊敬,但他们的理论摧毁性地破坏了中国人的"爱",从观念到思维方式、行动规范。本来就十分脆弱的爱一下子全部扫地出门,打入地下,一直到现在也没有完全张舒起来,这个罪过了得!

然而"爱"这种东西岂是一种理论——灭人欲——可以消灭的?人们在过七夕时,其实就是潜意识地召唤爱的灵魂。魂兮,归来,希望碰巧"我能拥有……"。

归来,魂兮归来! 七夕的灵魂,中国的情人情结在此日熏蒸人间。

八月十五拜月记

农历的八月十五是大节。其实这样的氛围现在已经感觉到它了。月饼的信息传递着天庭的信息,人们在潜意识中安排"今年十五"的事情。中国没有狂欢节。人、鬼、神佛们共同构建出他们生活的丰富和含蓄。不论糅进去多少个节气的情味与期望,大致上说都是把对这种自然的崇拜和人事心情融会神通。

八月十五是个"心情节"。我们读《御香缥缈录》,看《清宫外史》,可以很真切地感受到九重御苑里各类人物——比如皇帝与宠妃,他们在皎辉的月光下设案焚香、跪地拜月,喃喃讷讷诉说着自己永远不能在公众场合说出的心里话。其实这样的活动是公开性的。任何一个民族,都有一个母亲神。中国的母亲神,也就是月亮。不单是八月十五,就是正月十五、三月十五……任何一个"十五",都是善男信女向母亲诉说"隐私"曲衷,"花前月下"说悄悄话的日子。这也确是贵人们"出情况"的日子。你可以去看看《拜月记》就懂了。

我在写《康熙大帝》一书时,清皇子八月十五大闹御花园,从此引出了清廷帝国泼天大案,导出九王夺嫡政治惨烈之剧,那是八月十五的另一种情味设计。故宫档案中还当存着这样的记录,康熙皇帝在月下祈祷:情愿削减自己的寿数,盼上天赐自己一个"完人"——这是凄惨得很的话了。他实际上要求的是"善终"二字:能善终,"终考命",我愿意少活些年头。

我们打开山东曲阜孔家档案。五代时期孔家出了一件事,也是八月十五吧,孔家长工杀害了"老公爷",乳母抱"小公爷"逃出。二十年后小公爷又返回公府"复辟"——这件事不知有没有人写书或写戏了。这是孔家"中兴祖"孔仁玉的真实遭际,很惊心动魄的。

我前不久写了篇顺治的文章,他的宠妃董鄂氏,死于八月十七,我们闭上眼就能想象出八月十五这一夜顺治是怎么过的。有年去了一趟香严寺,这是晚唐宣宗皇帝的"龙潜"之地。他假装"摔死",金蝉脱壳逃到这座寺院,做了七年沙弥,又从南阳被抬回洛阳、长安做了宣宗皇帝,也是热闹惊心的一幕。你到寺里头看,里头有座亭,叫"望月亭"。他也是这般,在困难时就会想到月亮。人类无论贵贱这一条一致,到了困顿危难之时,大致就会想起妈妈,就会在母亲的清辉下诉说自己断难向人间世陈讲的心曲。

二月河有时会突发奇想,倘若我在海外,倘若我腰里有铜板,又望乡难以自已,我会在自己庭院中也造出个"望月"榭台亭阁之类,心里会好过些的。我据心而推"明月几时有,把酒问青天",这样的词话肯定是在这样的人文环境与心境中写出来的。看见霜样的月色地面,连李白也难以有"五花马,千金裘,呼儿将出换美酒"那般豪兴,只能在母亲与故乡面前低下头。前不久,我回山西老家,过阎锡山宅,他们请我留"墨宝",我写了"一代兴亡观气数,万古首丘望乡梓"这两句。月光下"首丘望乡梓"是华夏情结,别的民族你说给他也不懂,他没有这种"基因"。

但是，月亮不仅是这样堂皇，也还有一种社会情韵。《红楼梦》中有一回，叫"因麒麟伏白首双星"，就"双星"而言，到底是哪两颗星呢？曹雪芹没说，红学家就猜，猜得最多的是牛郎织女二星，也有"参商"。我呢，猜的是"太阳星"与"太阴星"，暗示了史湘云与丈夫不能见面的悲情结局。月亮就有这么一个不好听的名字，叫"太阴星"。五行学说：主阴谋。唐宣宗的那个"望月亭"一重意思是他的情感追伤，另一重更重要的意思：他肯定在月下徘徊着想办法，怎样把政敌们打得满地找牙。你翻开《辞海》，"口蜜腹剑"一条，那是对唐相李林甫的专有评语。李林甫家中有一楼，叫"月楼"，每当他想整人，他就在月楼上想办法，他的"水平"可想而知。刘心武新写了一本书，叫《红楼望月》，不论内容怎样，书名真亏他想得出来。

上面这些历史故事，其实与我们小百姓无关。就天下万千芸芸众生而言，八月十五不是个阴惨惨凄清清的日子。由农忙到农闲，大大的月亮，圆圆的月饼，打上一壶酒，一大家子高高兴兴坐在月亮底下说笑话，说收成，说故事，说"傻女婿十五拜老丈人"……这份高兴属于

27

老百姓,时髦点说是我们普通纳税人。打开《清嘉录》,说到"八月半",只说三行,我起初诧异,这么大的节,怎么只有这样的规格?后来也就释然:本来就有月饼佳节,还有"八月十五杀鞑子"之说,满人自认为是"鞑子",写书的人畏惧文网,回避了去,大致是这个原因吧!天下人间,"人逢喜事精神爽,月到十五分外明",月光的仁柔色相,伴着爽人的金风秋气洒落在神州之时,人们的心境是开朗与光明的。就算不巧是阴天,人们会兴致勃勃地投入一种情致思维——中国人永远是乐观与光明的,"闷闷中秋云罩月,哓哓元夜雨淋灯。谁知篱豆花开日,养稻正需水满塍","但愿中秋不见月,博得元宵雨打灯"——那更好!

重阳随想

中国的年节,大致上说的是三件事:祀神、祭祖、放松吃喝。神仙祖宗不说,我们农业国,几千年如一日,劳作耕耘从土地里"刮金",加上诸多的社会人文原因,从上到下的人们,可以说都累得可以。平日积攒一点好吃的,舍不得吃,好用的,下地锄禾舍不得用,到节日期间,除了求神祖保佑"越过越好"之外,所有平日郁结在心的欲望,统都释放出来。所以,与神祖无涉的节是没有的,与吃喝无关的节也是没有的。但有一个节似乎这三方面都很淡。三件事也都做,但俎豆香烟不盛,珍馐美食呢,也似乎做得不认真,这就是重阳节。

"两个太阳重叠"?不是的。九月九是两个"阳极"

之数，重叠在了一起，因故有是名。这个节是个游兴节——我们过去说的"游兴"，说白了就是今日的"旅游"。没有现代的交通工具，也没有柏油路，就自己一家人作短途的随喜。自己带吃的和"饮料"——酒，走——上山去，登高去，看碧云黄花去，看枫叶去！在山上玩儿，玩累了，回家。这个节也就过罢了。

中国人做事的认真诚敬，世界上没有哪个国家的人能比，外国人过节要去教堂，你有事或心情不对没去，谁也不会计较，耶稣天主不计较，神父牧师和教中会友也都不会计较。在中国到祠堂祭祖你敢不来？那肯定族中就有人"收拾"你。跪天祈雨，要寡妇来，你有病？你越是有病越得来！所以即使在享受，我认为也是被神佛、祖宗捆绑着"享受"那种感觉，真正自由放松的节日也只有这个重阳节。

"重阳将至，盲雨满城，凉风四起，亭皋落叶，陇首云飞。"就这么几句话，可以说是形容重阳的极致之语，我在不少笔记文章中见到，几乎都一字不易地引用。这个时气，不下滂沱大雨，然而也不是毛毛雨，很细腻柔和如烟似霾那样的雨，重阳节也没有，盲雨的"盲"怎么讲,我没有考究过,想想见到的那雨的样子,该是不大不小的中雨,更确切地说是"中雨偏小"的那种雨,这个雨,出门登高作一日游,怎样说都是偏大了一点。但人,人啊,只要有心情,高兴,带着雨具,挑上酒食点心,也就上山了。那是什么样的盛况?清人申时行诗云:

> 九月九日风色嘉,吴山胜事俗相夸。
>
> 阊闾城中十万户,争门出郭纷如麻。
>
> 拍手齐歌太平曲,满头争插茱萸花。
>
> …………

这首诗相当长,他是叹息人们的奢靡之风:

> 道旁有叟长太息,若狂举国空豪奢。
>
> 此岁仓箱多匮乏,县官赋敛转增加。
>
> …………

社会问题是另一回事,申诗真的把人们狂欢的形态写得淋漓尽致,酣畅至极,处身其中,即便你是个内向人也会开朗起来,你玩不成深沉。

其实,就人们的心理,人们盼着有雨。满山的秋叶艳色杂陈,斑驳陆离,如果在艳阳之下,那就太真切了,不够朦胧,不够含蓄,与中国人的审美情趣多少有点不合。在太阳底下喝酒，看山也少了点"秋凉"意味。但还有一层更真切实惠的想法，"重阳无雨则冬无雨雪"，这会影响来年的收成，所以雨下起来，敲击着所有人的兴奋点，敢情是雨下得多点、大点，人们会更高兴。

插茱萸、饮重阳酒、吃糕、登高，寄托了人们两种心情：希望远方的亲人平安；希望自己的子女和生活"步步登高"。这实在是个吉庆有余的欢乐节。

我们现在一年要过很多节，我看有两个节是挺好的，一个是儿童节，那是在六一，孩子们的节日；一个则是重阳节，是老人们的节日。我有一个傻想头，不知我们的社会学家和政治家能否认同：儿童节要变成全民的节，大人们陪着儿童过节。老人节呢，要过成儿童节，变成举国狂欢日，因为儿童和老人们欢乐，青壮年有什么理由不跟着狂欢的？构建和谐社会先构建老人和儿童的快乐，"抓两头带中间"——整个国和家都会和谐起来。而且这两天，应该全国停止收税催账，讨债、欠债的放弃两天权利也无甚干系。你不要账，就会有更多好诗。

我们的尊老爱幼，是自古民族的传统，是需要永远

32

张扬不衰的民族精神。西方国家比我们富，有钱主儿很多，他们的人文思索里没有尊老这个基因。我十岁读《镜花缘》里头有错字先生教蒙童，"者吴者以反人之者，切吾切以反人之切"。当时不懂，后来才晓得，是"老吾老以及人之老，幼吾幼以及人之幼"之误。你找个美国人、英国人或法国人跟他讲，他不能懂——凭什么我要像尊敬自己父亲一样对别的老人，待自己孩子一样看别人儿子？——他不行，因为他那个"学问"心理因根里头没有这个"理"。

九九是个极阳之数，也是举目登高寻欢作乐的日子，老人们讲究的是长寿与健康，这个日子再合适不过了。我查阅康熙的资料，他晚年最重视的就是"终考命"——这在《尚书·洪范》里头为五福之一，他起先想长寿，后来又战战兢兢向上天哀祈：愿减寿，完好结束做个"完人"。康熙皇帝是一代雄主呀，他只活了六十九岁，家庭、朝廷打得乌烟瘴气。他到底也没有当上"完人"——以天帝尊，生存质量也不过尔尔。现在我们的人活六十九岁又有什么稀罕的？七十九、八十九……一百零九也有的是了。我们的意识里应该有"瑞"的概念，活过七十我们已经叫"人瑞"了，一个国家"人瑞"多了，那就是"国瑞"。

现在我们有高速公路，有汽车，上山登高的路也大多弄得很好。到那天，扶老携幼，带上可乐之类，加上"糕"——各种点心，在美国的、法国的远游亲人……不一定要插茱萸，弄点别的树枝子插插我看也行，让我们心中的爱薪火相传。连吃带玩儿，还有爱的传递，重阳节的意思就大了。

最后还是引申公两句诗：

萤煌灯火阑归路，杂逻笙歌引去槎。

此日遨游真放浪，此时身世总繁华。

闲话十月朔

农历里头没有"日""号"这一说,比如说两人见面,甲问:"老兄,今儿几号?"乙说:"九月一号。"或说:"九月一日。"得,你不用问,这说的准是阳历。如说"九月初一"或"初一",那就说的是阴历。不过现在街头相向谈日子,年轻人多不再说阴历了,他们忙活的和老人不一样,春节、阳历年、五一、十一、清明节、愚人节、父亲节、母亲节、情人节……逢节,胡天胡地就过吧。然而你要问他:"几号?"他肯定对你说"一号",绝不会说"初一"。

这事听起来有点微妙,老人青年有这么小小的界分:老人们阴阳历都记,年轻人独记阳历——只有一个节,大家牢牢记住了阴历,那就是"十月一"。无论男女老幼,只要一提"十月一",没人往别处误会,肯定是阴历"十月初一"。和清明一样,是上坟的日子,中国的"鬼节"一年有三,这是最后一节。但是这个节,二月河却长期不晓得。我生活在一个漂泊不定的家庭,自幼没有受过父亲的庭训、母亲的叮咛,我们祖坟在昔阳,家中又没有这个概念,我虽读了不少书,可这个事没听说,这个日子没印象——我三十岁就有人说"渊博"了,到三十三岁我从部队转业才知道还有这个节,赶紧去查资料,才算明白了。这个节,是活着的人追念地下亲人亡灵,为他们过冬做点准备。

先人们怎么过这个"十来一儿""十月一"我没见过。现在的十月初一,你可以上"郊垌"去看,坟地已平得差不多了,沟沟坎坎旁林间树影下,甚或坟头虽平,墓葬未迁的平地,连天衰草、枯杨败柳间,一伙一伙的人——你不用问,每一伙都是一个家庭体系——摆花圈、烧香、焚纸,还有纸电视机、纸汽车、纸别墅……只情烧起。

倘是集体陵园,那就更热闹不堪,烧纸烧得烈火熊熊，香烟不能用"缭绕"二字了，而是"浓重弥漫"。一家家的万响爆竹，响得像暴雨击打油毛毡顶房子，"呼呼"地响，凭你"盖叫天"、杨小楼那样的嗓子，吼煞没人能听到一个字。野意和众意就这么区分。又有相同的，那就是边烧边念叨，把苹果呀、橘子呀、点心呀往火里填，"请你们来享用哪……"。

我看了看清代的"十来一儿"，过法差不多。一般地，也是上坟烧纸、烧香。只一样似乎今人少见，那就是新亡之灵要另作隆重祭奠，还要延僧道作功德荐拔。我说过，中国人认真，有"事死如生"这个规矩，我们的先民虽有人写过《神灭论》，但就整个社会而言，普遍认为我们不过是生活在"阳间"。死亡，是从一个阳间到阴间的过渡，中间只隔一条河，名字也起得极好，叫"奈河"（奈何）。如能进入"无间"——你可以从这一间到那一间随便来往，那好，这就是"神"。像清明、中元、十月一这些节，说得现代一点，是我们阳间的人，在此岸向阴间彼岸的人打信息，传递心语与情愫关怀。

这个节正规的名字叫"十月朔"，也叫"朝官府"，不算大节，但没有一家不认真对待的。民俗谚，"十来一儿,棉的儿的儿(的儿,方言谐音)"。过了节,就进入冬天了,要穿棉衣了。由此及彼去推想,阴间的"人"也该过冬了,要穿棉衣了。这是万不能忘的。烧纸、烧香、烧纸衣,这是必有的关目,因此它又有个名字叫"烧衣节"。我们现在过这个节,没有政府行为,因为我们的政府不信鬼神。清代可不是这样,府、县的主官都要出来,组织祭祀,"荐坛",也叫"无祀会"。这是什么意思?没有确切的资料可查,但我思量,有两条:一条,政府每年要处决犯人,这些人的死它要负责,亡灵要有所安抚,不然这些捣蛋亡灵就会在辖区内制造麻烦;再就是,有些贫弱无依、冻饿而死的"野鬼"也应由政府负责安抚——这当然不是孔孟之道,官员们写文章时尊的是孔孟,作心灵祈祷时想的是释迦牟尼和老子。"无祀会"这名字就说明了一切问题,无祀无不祀,不是祭祀哪一个鬼,而是所有境内的鬼。那排场也是极大,但我想可能会办得稍迟一点。因为家家都在"家祭",他要把时间错开,人家上坟家祭,要出门,既出门了免不了要转悠转悠——走,看"无祀会"去!这一天,人们是不做饭的,祭灵用的祭品都是上好的点心——古人没有我们今天这样大方,把好好的东西往火里扔——小心收拾起来,带着它,一边看祀会,一边咀嚼,所以这节还有个名字叫"小寒食"。

有意思的是,这个鬼节过得有点博爱味。烧纸、祭酒、焚香,主要是给亲人的,然而他们认为亡灵也是有地下社会关系的,还有一些"野鬼",如果和地下亲人们别扭起来,"亲鬼"们也不得安生。所以洒酒请众鬼都来饮用,还要多烧些冥衣,除亲人们换上,还要打发那些没有衣服穿的穷鬼邻居朋友。人世间不就是这个样子吗?鬼们也做"慈善事业",求得他们那一维空间的和谐关系。

我曾和朋友聊天,说中国的人节不如神鬼节,鬼节其实是中国的旧妇女节。比如说过大年,祭祖,男昭女穆分排立定,恭肃如对大宾,女人们照样不能出门。八月十五赏月吃西瓜,是自己一家团聚,女人们终年在家,这一日照样,顶多到月亮底下嘤咛几句,仍然是个闷。闷死了!只有玉皇大帝生日,文殊、观音、地藏、普贤……成道日,清明、中元、十月一,若把女人封在家里,这些事不能完成,女人们就跟着男人离开那个能把人憋

39

神经的家;冬至,女人你待家里摆供享吧! 一年到头躲在小宅子,有机会到郊外,看庙会,逛大庙,好好释放一下,大胆宽松一下,就这个意义。比如"十月朔",从这个日子到正月初二闺女回门,女人要憋整足两个月闷在家中,不趁这日子"放"一下也真不得了。十月初一小节,过得这样丰满,也就是人们心理暗示的需要了,清人潘陆有《看无祀会》云:

> 吴趋人好鬼,风俗自年年。
>
> 百戏陈通国,群神冠进贤。
>
> 气喧秋雁后,花晚岭梅先。
>
> 石断山塘路,香飘游女船。

"十月朔"的节,正规是"哭灵"的。女人们天生能哭,在坟上哭几声便上船玩儿去了。

腊八粥

我看见过和尚们吃饭,那实在可以说是"节约型"的餐饭。现在少林寺、灵隐寺的佛子们吃得怎样,我不晓得,但凭揣测,我以为仍旧是"差劲"。曾经问过一位很阔的方丈大和尚:"你们那些沙弥现在伙食好了吧?"他答:"吃细粮了。"——这也就是提高了。但"水准"也就"而已"。因为你如今即使走到最偏远的僻壤穷乡,穷汉们"馒头咸菜"——也是细粮。其实,所有"红"古刹,如今都是日进斗金——馋嘴花和尚们或有扮作俗人,到火锅海鲜城里"大快朵颐"一番。但你到寺院食堂瞅瞅,和尚的膳食还是"不行"。想了想,所有的宗教都是禁欲的,佛教何能例外? 人,吃得好了,就会胡思乱

41

想造业。释迦牟尼就是这样想的,因此他的教众不允许奢侈。由此推去,嘴巴犯馋食指常动的人,有苦恼自个儿解决,别去当和尚。一天到晚萝卜白菜豆腐,时间长了口中淡出鸟来。

然而和尚们也有一宗好饭,叫"腊八粥"。

这粥我常吃。用一点油盐,炒上黄豆、松子、枸杞子、胡萝卜丁,兑水,加小米、核桃仁、花生米、豆腐丁、粉条……讲究一点的还要加点黑木耳、香菇之类,就在火上熬煮。这粥要中火不停地煮二十分钟,锅里翻花大滚,人站在锅边,用勺子不停地搅动,搅得黏糊糊、稠糊糊。满屋的厨雾弥漫着浓重的香气,能逗得全家大人小孩都咽口水,流哈喇子。好,出锅,喝粥——准确地说是"吃"。那粥,可以用筷子头"剜",一剜一团,吹一吹热,然后它就消失在肚里了。真的,腊八粥比饺子还要费心费时,还要好吃些的。

这种饭什么时候有的?考证不清楚,但似乎唐代的可能要大一点,因为十二月是"腊月",是打《唐书·历志》才有的月律。腊月,又是初八,于是便有了"腊八粥"这一说。然而这个粥我很疑它是印度和尚饭传入

42

中国——说不定就是玄奘和尚从印度带回来的外国饭。因为印度也有个"腊"。十二月十六日,这一日定名叫"腊日"。一个腊月一个腊日,每年腊八,中国的寺院都煮腊八粥施舍四方善男信女。对乞丐穷人来说,这实在比观音的杨柳枝还实惠一点。由彼国到吾国,由寺院入民间,那粥的传承脉络似是有迹可循。

这是很好的膳食,不但营养全面,且是口感极佳,很适合寒天进摄。试想,外头天寒地冻,滴水成冰,或者漫天雪大如掌摇落而下,屋里热气腾腾的,老小共聚欢颜,来一大碗这样的热粥,你心中有多少的寒气也都驱尽了。吃这个饭,不需要再配菜,因为粥里已经备全;也不需要吃干粮,因为它的黏稠度,是能解决你的"腹中粮荒"的;更不要喝酒,因为酒这东西"夺味",这么佳美的粥味,被酒味夺掉很令人扫兴。因为它制起来用料多又好,无论僧俗人家,平时都不能常用的。清人李福有五言古诗:

腊月八日粥,传自梵王国。

七宝美调和,五味香掺入。

用以供伊蒲,藉之作功德。

43

这个粥原来是僧众供奉世尊释迦牟尼的,岂是等闲之粥? 这里全文引用这诗是长了一点,详其意蕴,似乎这属于一种"政府行为":比如说县衙要赈民,又怕麻烦,就把钱粮拨给寺院,由和尚们代劳,和尚们就熬这样的粥施舍四方——自然地,他们自己也可以打打牙祭——粥好又是白吃,来吃的人可以想见,肯定挤得水泄不通,"饥民寺集",就弄得"男女叫号喧,老少街瞿塞。失足命须臾,当风肤迸裂……问尔泣何为,答之我无得……",整个一个好事办砸了。很多人挤破头,吃不到一碗腊八粥。弄得诗人也无奈长叹:

> 安得布地金,凭仗大慈力。

> 倦然对是的,趾望丞民粒。

情愿吃平常饭,吃饱就好。

我自得了糖尿病,常吃这种粥。因为它用粮比较少,其中一些菜豆又于这病有益无害——有人说,喝粥血糖上升得快,我告诉他们,上去得快下去得也快。因为它就那么多的含糖量,更多的是碳水化合物,宜于血糖高者摄入。我曾诧异的是,天下酒肆饭店林林总总,不见有个老板开发"腊八粥"这饭(事业)。这么好的饭自己做又麻烦,正是饭馆应该关注的呀!怎么偏就——想想明白了:饭馆是要挣大钱的,这饭做起来有点麻烦,用料却都不贵,挣不了多少钱的,再说粥味那么好,喝它不必吃菜了,饭店更不合算——无商不奸,无奸不商,不挣钱的事你甭去和商人"商"。

然而民间不用你说,腊八粥自也是要通行。平日"简易"腊八粥,也常在百姓桌上端出的。山西的"和子饭",河南的"糊涂粥",都是的。山东、河北平常人家,我想也都有变种了的通用腊八粥。人民生活水平提高了,饮食就向贵族靠去。有人注意到,《红楼梦》里的贾宝玉从不吃干粮,是一味喝汤喝粥;吾辈老百姓吃腊八粥,喝糊涂饭,并不是没有干粮与肥猪羊,是因为要讲"养生"的了。向贾二爷去看齐,与释迦牟尼同享佳味。

阿弥陀佛!

冬至况味

我们家是个漂泊遇安的家,从小我不记得有冬至这个节。父母亲走到哪里忙到哪里,他们官不大,但各人都管着一个单位,一摊子事,除非假日,或者连节带假日一起过,我们才发现那天原来还是个"××节"。你打开日历,每年的冬至一般是公历十二月二十二日,这天没有公假,一般来说,也不是公休。冬至,冬至怎么了?我是过了而立之年解甲返乡,才听朋友、家人说谚:"冬至不吃饺子儿,冻掉耳根儿。"后来弄清史资料,需要了解民俗,一查,吃了一惊,这原是个大节,有多大?"冬至大如年"!

我在我的"落霞三部曲"系列小说中引了这么一首

《联咏诗》：

　　皇帝：大雪纷纷落地。

　　大臣：这是皇家瑞气！

　　财主：下他三年何妨？

　　穷人：放他妈的狗屁！

　　翻开我们的史书，爱雪、吟雪的诗人与要人太多了。但是，首先一条，你肚子不能是"饥肠辘辘"的；其次，你衣服要穿厚一点，最好有个亮轩或雅一点的草亭，生一炉旺腾腾的火，然后围炉而坐，然后披上大氅踏雪寻梅，然后再说"大雪纷纷落地……下他三年何妨"——对雪发出咏叹调，那百分之百是要"有条件"才会有感动。可惜的是，我们中国历来穷人太多。就我所知，康熙时期，全国正式官员不足两万，加上有条件说"何妨"的财主，撑足了不会超过百分之一。那剩余的百分之九十九，对冬天的降临，是怀着"敬畏"的双重心理的。说"敬"，那是因为这是上天的意志，无可回避也无力抗拒；说"畏"，则因为从冬至这一天开始，要一天一天数，数九九八十一天的严寒。冬至，实在是有这两种含义：于阔人，是等着"瑞气"降临的期待日；于穷人，是进入

47

严寒的"战备日"——他们从十月已经开始"备冬"了。

这个意味不曾有人说过,是二月河在这里瞎想,一旦约定俗成,无论贫富贵贱,都不会像我这样胡思乱想,都是一门心思:把冬至过好,图个吉利。

冬至的前一天,实际上各户人家便已行动起来了,亲朋好友,互赠食物,当时的情景是"提筐担盒,充斥道路"——这有名堂,叫"冬至盘节"。大街小巷各个店铺,都会摆出冬至的特有供品售卖,"冬至荐酥糖",有馅儿个头大的叫"粉团",没馅儿个头小的叫"粉圆",这是祖宗牌位前的必供之品。冬至前一个晚上,一家人要团圆,和除夕一样,这一夜讲究的是合家团圆,一个外人也不能在场的,连回娘家的女儿,也是"外人"——对不起,你还是回婆家过冬至吧!然后炒菜烫酒,祭祖宗,拜喜神,合家大快朵颐——所有的仪节如同过年,半点不越雷池,也丝毫不敢马虎。道光咸丰时侍郎颜度有诗说:

　　　至节家家讲物仪,迎来送去费心机。

　　　脚钱尽处浑闲事,原物多时却再归。

家家都送来送去,食品点心轮回转,又送回了自家

48

来——此事原来古已有之！就人们的过节心理而言，"冬至除夕"这一夜，才是人们最兴奋最快乐的时刻。过了这一夜，第二天清晨，人们换上新衣服，"拜贺尊长，又交相出谒"，互相"拜冬"，节日的气氛仍在，而"过节"的精神气儿其实已经暗暗泄了——这一条和我们过春节也是差不离。

从这一天开始，"连冬起九"，进入一年的"阴极"之日，共是八十一天。史书记载，康熙四十六年太子胤礽被废，到康熙四十八年开春复立。从康熙四十七年冬至，这位心境极为复杂的老皇帝在乾清宫设了一张纸，他要在纸上写九个字，颇有名堂的"亭前垂柳珍重待东风"，不是一气呵成，每个字九笔（繁体字笔画），每天来写一笔便走，共写了九九八十一天。好，春来了，河开雁叫了，大地阴极阳生了，宣告太子复立。这个冬至，康熙肯定是仔细思考，绞尽脑汁子过的。然而天下的老百姓不会有"如是我闻"的心境，他们也有口谚：一九二九，相唤不出手。三九二十七，篱头吹觱篥。四九三十六，夜眠如露宿。五九四十五，穷汉街头舞（庆贺冬天已尽）。不要舞，不要舞，还有春寒四十五！六九五十四，苍蝇垛屋子(苍蝇开始活动)。七九六十三,布衲两肩摊。八九七十二,猫狗躺湿地。九九八十一,穷汉受罪毕,刚要伸脚眠,蚊虫跳蚤出。同样是过了九九八十一天的"数九"寒天,帝室禁城与闾间黔首各自况味有异的吧。

冬至如年。用的是"如",不是"同"。如果说与年有甚的不同,那就是冬至这节过得短,有点像"简化年日",大的程序差不多,论起详明周纳,那就差了去了。可以看成是一次"过年预演"。人们过这个节,表现出的是对上天对冬令的崇拜与敬畏,祈祷自己和家人平安度过肃杀的严寒季节。

我有点诧异的是,现在人们过冬至渐次认真起来。我发现到了这一天能休假的都休假了,上班的,似乎也会宽松许多——提前下班去买菜,走到小巷中,你会听见家家都在剁饺子馅儿——日子好过了,人们不管是耶稣、释迦牟尼,还是阳历年、情人节,抑或是冬至,什么节都想好好过过。

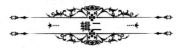

辑二

佛像前的沉吟

如今的美国最强大，物质文明、精神文明都用得着"了得"二字。有朋友跟我谈，这个国家如今的情形与我们的大唐王朝差不多吧？我听了一笑，回说："有些历史现象不是简单的类比可能清晰表述得的。如果从国民生产与生活享用的绝对值去算，美国早就超越唐代了。如果论到'鸡剔皮'（GDP），可能它还差着老大一截儿。如果从文明特征上讲，我认为很不一样：美国是'惊人'的，而中国的唐代是'迷人'的。说美国惊人，一是它有钱，二是它有炸弹，这两样东西在世上晃来晃去，很显眼；说大唐'迷人'，除了它也有钱，二是它拥有诗歌和宗教的昌明，像彩霞一样绚丽灿烂，同样也是光耀寰宇,垂照千古的。"

诗歌不必说,不少唐诗而今仍是我们小学、中学乃至大学教科书中的内容。谓予不信,你到街上随便找个学生,或者来本地打工的青年,请他背唐诗,他大约都能给你来两句"两个黄鹂"或"白日依山尽"之类,这就是明证。说到佛教,那就显着复杂了一点,但如若附近有兰若丛林寺院之属,那青年或许会随手一指告诉你:"你瞧,那座塔,××寺的,唐代的!"

打开中国的历史去看,有件很有意思的事,佛教似乎总在与诗歌相伴。也不知谁先谁后,抑或是先后辉映,两家差不多是彼兴我兴,彼衰我衰。汉如此,唐如斯,元、明、清也"庶乎是矣"。我看《水浒传》,鲁智深和尚,就是三拳打死镇关西的那主儿,他恐怕小学文凭也没有吧,只懂得风高放火,月黑杀人,临终时却有一首偈子:"平生不修善果,只爱杀人放火。忽地顿开金绳,这里扯断玉锁。咦!钱塘江上潮信来,今日方知我是我。"——这从任何意义上讲,都是一首诗。就此水平而言,今日的文科大学生们能有几人作得?这在佛学里专门有一支的,叫禅宗,顿悟派的。智深和尚听到钱塘大潮卷空而来,小学文化水平的他一下子就大学毕业了。

如今在外头很兜得风头的自然是少林寺。这丛林、那庙院都在恢复修葺,不少和尚在跑着弄钱,想光大他寺院山门。少林方丈释永信和我很熟,我看他不缺钱,他在张罗着要把寺院申报世界遗产。黄金旅游节你去看,岂止少林,"南朝四百八十寺",哪一处不是人烟辐辏、香火鼎旺?佛教兴了,诗歌也该兴了,不知二月河想岔了没?

世界上还有一件有意思的事,形成宗教的国家总是留不住宗教。创教的圣人们不是被本国的乡亲们赶得走投无路,就是到处碰壁,弄得头破血流。释迦牟尼待遇似乎好一点,但他创的佛教,印度人却没留住,跑到了中国。当年玄奘和尚九九八十一难取经回来,闹到现在,印度人如果学佛,他还得到中国来取经,历史就爱跟人开这种玩笑。弄得我有时疑神疑鬼,我们中国的孔子会不会也去办个绿卡什么的?

有人说少林寺出名,是因为《少林寺》这个电影,一炮走红了。这个话也对,也不完全对。我以为,少林寺兴旺的根本原因在于它本身原本就拥有的文化内涵。丰富啊,太丰富了。这是印度侨民达摩和尚的初创,达摩自己面壁的石洞还在。石头上的影像真品虽然没了,但活着的老人都还有记忆。达摩、慧可、僧灿、道信、弘忍……五祖薪火相传,到六祖慧能一个变格,他成了中国式佛教的奠基人,是中国的世尊,如来法身。单就这个衍变,可以写厚厚一本书。如果写小说,那也是波谲云诡、荡气回肠的一部史诗。我几次到少林寺,站在立雪亭旁踯躅流连。佛教的教义有怎样的价值不去谈它,为了能获取心中神圣的真理,慧可在这里切去自己一臂,把雪染红。这种精神与意志,这样的果敢和气韵,行动本身的意义已经远远超越了时间与空间的碍滞。

在达摩至五祖的递传中,一件木棉袈裟成了争夺的核心物件,每当读到这段历史,我和读二十四史一样可以嗅到明显的血腥,看到无底的暗夜。那里面的阴谋、杀戮、残害和宫廷里的夺嫡之战也不遑多让,我不能想象,这一簇与那一簇,光头和尚在灯下密谋夺取衣钵的情景,那肯定也是颇有异趣的另外一幕景观。到了六祖慧能,他不传衣钵了,信执他的理论的都是他的传人。

这一招高明,有时会让人突然想起雍正。鉴于九王夺嫡的惨痛教训,他不立太子了——不立了也就少一些争执。当年北宗派人追杀慧能,僧武明追他到岭南,追上了。据范文澜说,慧能是老老实实把袈裟交出来说"你要你就拿去",但武明自知没资格,求慧能传法后退身而去。这是正统的说法,但我一直有疑窦,追兵追杀的目标到手,会自动退去?后来又读到一则资料,说是慧能将袈裟放在石头上,话还是那句话,但武明去取袈裟竟然提不起那件衣服,以后才罢手了。唯物主义和唯心主义在这件事上就是如此这般轻轻碰撞了一下。

使少林寺声名大噪的,并不是它的"禅",是少林和尚的"拳"。到少林寺的人多数是看那几个练拳练出来的坑儿,书痴才会在立雪亭前发呆。但是,那拳头是太硬了,太有劲了。史有明载图有丹青做证,十三棍僧救唐王。有这擎天保驾的功劳,佛教得到了中央政权的力助,自然更加熏灼炙人。回想,玄奘取经原本是偷偷去的印度,回来却受到政府盛大的欢迎。本来,大臣中灭佛反对佞佛的势力也很大的,但随形势转换,可以看到二者的结合愈来愈密切,一方面说,可以看到唐政府自身的文化品位与度量。两个文化从稍有芥蒂到密弥相友,其间多少磨合,终于是握起手来了。

这样的握手,造出无数宏大奇伟的寺院丛林,蔚为万千气象,也许是冥冥中上苍有这样的安排,文化的另一支——伟大的、瑰丽无双的唐诗也应时而生。

我喜爱这样迷人的文化。

昔阳石马寺

南阳有座香严寺,洛阳有座白马寺,昔阳有座石马寺。我生在昔阳,幼居洛阳,老蛰南阳,"三阳"是我一生最为萦怀的三处地方,且有这么三处要紧寺院。

白马寺是天下祖庭,是汉明帝夜梦西方圣人,醒来下令修建的华夏第一座寺,这是顶尖级的文化引进了。前不久,我在《人民日报》(海外版)写了三篇关于香严寺的文章,那是唐天宝之乱后唐宣宗的避难之地——他在里头躲了七年,又复辟重握太阿了的这些故事,很可以写出几部厚厚的小说。但我这么一把岁数,又一直被一些人误为"有学问",生在昔阳却压根儿不知昔阳的石马寺。即便是文化界,我看也有个"嫌贫爱富"。前

59

些时看了一部电视剧,里头介绍说云贵文化遗迹中有很多汉明帝之前佛教渗入中原的史证,学者有几人注意到了? 一种文化由一个民族向另一个民族转移,那是异常复杂持续而漫长的。我早年读《梦溪笔谈》里头的"西极化人",断定春秋时佛意已进中原。可惜资料太少,个人是无力研究它。昔阳的石马寺遭冷落,大约因为它离枢纽城市远了些吧。

但这座寺院不宜再走"背缘",因为里头"有东西",因为这寺"灵验"。有历史有文化有内涵的任何东西,你别想永远掩盖了。

冒着盛暑骄阳,我们驱车去观瞻石马寺。其实这里离昔阳只是咫尺之遥,窗外的青葱冈峦闪烁着绿宝石那样的亮彩,中间还嵌着条小河,或者说是"溪",逶迤蜿蜒,悠游而行,一会儿就到了。

我的第一印象,这座寺规模不是特别大,但极美观洒脱,整个寺院全部裸呈在溪边的山坡上,越小桥过溪,一级一级的阔大台阶,可以从容拾级而上。整个寺院重楼玉宇,亭榭台阁,如同用玩久了的积木垛起来的那样。我见过的寺院是多了,但这样的格调颇叫人费心琢磨:

怎么和别处不一样?

新吗?不新。这座寺是老牌子、老资格。寺中碑记载北魏永熙三年,也就是公元五三四年,这里已经动工开凿佛像,三个石窟,一百多佛龛,一千五百多尊石佛像,已在这里坐了约一千五百年,凝神眺望溪对岸的青山,它的"文化资历"越过所有的唐代寺院。

这是依山借势、层层起殿建起来的,这座寺其实是用殿宇将北魏石窟包裹了起来。很快就要进驻僧侣,择日开光。有位叫李志恒的企业家挖煤挣了钱,与昔阳县政府合作,把废了几十年的断垣残殿收拾成这般模样,不算很大,但极阔朗明媚、大方潇洒。

然而就我的知识,所有的寺院都叫"丛林"。上头几个修饰词,应该说是一般寺院忌讳的阙失,寺院应该是讲究闳深、古静、安谧,茂林修竹、葱茏掩映,这样的天色,"禅房花木深",若天色阴霾,那么就是"楼台尽在烟雨中"——这么着才对。

我一下子悟过来了,石马寺什么地方"和别处不一样",是所居者有异呢!昔阳县是土石山岭式的地貌,这里多是旱天,你别想在这里观什么烟雨,树木最多的

61

是荆和棘，一人来高，高大乔木都不太多，一般寺院里常见的银杏、松、柏、竹、菩提、冬青就更难见到。这样壮观的寺院筑在山坡上，自然就格外显眼，白露无隐。我心中的诧异一下子又回落下去。雨水少，无大树，不是石马寺的过错，这也是缘分使然。老佛爷就这样安排造化，他在别的地方婆娑烟雨，这地方他就要沐浴太阳。这是风格。

石马寺石窟造像其实与云冈、龙门大同小异，因为重重殿堂罩起来，佛们坐在那里，气度幽闲，安详地看看我们一帮俗客。引起我大兴趣的，是一尊观自在菩萨坐像，头部已经缺失半边，身体微斜，一手支地，体态姿势一下子让我想起达·芬奇的速写人物，漂亮优雅极了！我逛几处寺院，那里人都说他们有座"东方维纳斯"塑像，看了看虽好，却都有点夸张。而这个观自在菩萨的形态自由奔放——我不说，你自己去看。另有大兴趣的是这里还有个石头暗道，石窟里的秘密石道中有石室。这是最近收拾寺院才发现的奇观，他们解释说是为避史书中说的灭佛用来藏身藏经修的。我觉得有点牵强。地道的出口是地藏王殿，说是修十八层地狱，庶乎尽如人意。

元代翰林王构有诗说石马寺"碧水孤村静,搞岩石寺阴。僧谈传石马,客至听山禽……夕阳城市路,回首隔丛林"。明代尚书乔宇诗云"千古按图空做马,万年为瑞今从龙",这说的是石马寺名字的由来:唐皇李世民在此遇难,由神马营救的故事。我看了看离寺山门不远的两匹石马,太阳底下静静地站着,不知它们转的什么念头,也不知这念头转了多少年,它们还会再往后想事"如恒河沙数"年的吧。

甘肃麦积山、敦煌,山西云冈,河南龙门都有石窟,然而那里都是"旅游单位"了,专门挣游客钱的。北魏石佛重新开光,受善男信女香烟礼拜的只有一座昔阳石马寺。什么叫"粹"?我的理解:独我所有,别人没有,就是粹,就是特色。

他们送我一张《晋中日报》,标题形容石马寺:古老、厚重、神奇、神秘、恬静、和谐。寺里和尚出纸请我题写,涂鸦"菩提心境、清凉世界"。

有此八字,可矣。

意外香严寺

到香严寺,踏进山门便觉诧异。天下丛林,无论少林、白马、灵隐……未有例外,迎门便是弥勒佛、风调雨顺四大天王。我去逛这些寺院,踏进门有时会想起一首清人打油诗:"金刚本是一团泥,张牙舞爪把人欺。人说你是硬汉子,敢同我去洗澡去?"这里却未供任何佛、菩萨,供的是关羽——高高的坐像,丹凤目卧蚕眉,着绿袍。他在这里凝视丹江山水不知多少年头了,也不知还要再看多少年头。他身边没有关平相伴,孤零零的。关平不在,周仓也不在,这和天下各庙中关羽神塑的"规矩"大异其趣。

导游眉飞色舞,夸张铺陈,说这是香严寺的护法神,因了唐宣宗在此蒙尘龙潜,只有这样高级别的人才配得上给他保驾,他的级别相当于"国家的正部级"。我听了不禁一笑,在别地儿游寺,也曾听到类似的说法,佛是"国级","菩萨"相当于"部级","罗汉"是"厅局级"之类。为帮游人理解,这样说也许最直截了当,但说关羽是"正部级"还是让人忍俊不禁。中国的佛教之所以兴盛,是因了它本身文化的生命力,加上与儒教、道教的糅合、润化与衍变。这样的"杂交"优势所致,有一点儒教色彩是不奇怪的。唐代时关羽已被佛教列为伽蓝神之一,进寺"值卫"原是他的工作,但这样的寺院似乎别无分店。也许有,二月河没有见到——这是唐风实实在在的"流"。因为:一、关羽是伽蓝神;二、关羽是刘备的大将——这寺中就住着个"刘备"。这几乎可以肯定就是唐宣宗本人的思维:我就是刘备,外头有个关羽给我看门,再适当不过了。他在给"刘备"警卫值班,当然不宜自带周仓一类的警卫了。但关羽的封号,后世如同丹江水库的水位飙升不已,到了"关圣大帝"的位分,是天穹王爷一级的人物,与孔子并称,谓之"武圣",这里却还在纡尊降贵让他"值班"!我思量很久,看见了"敕建"

的那堵明坊,立时顿悟,所有的皇帝都是这样想的:关羽应该给刘备当值班门卫。因了这寺的特殊情况——"特事特办",旧例保存了下来。

后头大殿中有四百多平方米的壁画,让我又是一个跟跄:一是面积大,二是相对保存完好,三是它细腻、柔润的笔致让人咋舌惊愕,然而这还在其次。我看过许许多多的寺院壁画,包括一些凋敝败坏、漫漶难识的壁画,也看得很有兴味。大抵寺院的壁画,许多都是佛教的故事,或释尊说法阿诸罗,天人天花迷离纷呈,或目连救母六道轮回响应相接。画家匠人在作这些画时,都是万分虔敬的,除了自身解数使尽,自然地,那浓重的主观创作附会意识也就尽显笔底——你就是个唯物主义者,看一眼也会悚然动心。这幅不同,竟是以道教元始天尊为核心人物,东、西、南、北四极大帝,四大天王,勾陈,金母元君,太元圣母,六丁六甲。佛同二十四诸天、送子观音、四壁观音、韦驮菩萨……种种累累,层层叠叠,一样的云龙风火,一样的天风衣带,只是内容驳杂得令人眼花心乱。导游见我留心注目一处,过来介绍说:"这是一个新描的天官。省里来的著名画家描了一处,他不敢再描了,所以这处特别新。"我有共同心识,新描的这一处只是贴近原貌,那笔意神通、那柔润灵动、那鲜活游移的"神"是不见了。我不禁对那位画家油然生出敬意,若不管三七二十一,只管泛描了去,会是怎样的一件事?

导游讲这是明代的画,但我感觉它不是明代的文化风格,神意就非明代所有,明代的佛道没有这样博大广袤的思维情怀。就人物的体态、风致,也大有唐风。所以我断想,这是唐代的作品,历经三次灭佛的劫后余情。所谓"明代"也不错,不过是明代"克隆"了一遍就是了。

"这个寺我想不透……"我在寺边那株"美女抱将军"树前思索,接着说,"好比是水,它有多深,现在还浑着,看不出来。——这株树应该叫霸王虞姬树。"众人都是一笑。我去如厕,脚被下边石片垫了一下,弯腰一看:"呀!你们阔到用硅化木(树化石)来铺路?随便掂一块,带到北京、纽约,栽到花盆里就是盆景!"

随喜丹霞寺

我中年之后喜爱研读一些佛经,彼时已略有令名。来南阳挂单或化缘的大和尚也就常有睹面的。大约十年前吧,北京法源寺和尚能行来宛,曾有一夕谈。我由是知道近在咫尺,南阳有个丹霞寺,因为他本人就是来就任丹霞寺方丈的。他的弟子张兼维是我的朋友,向我求字,我的字差劲,他又求文,我当时在读《心经》,于是造了个长短句:

> 磋跌磨折苦,欲行不宜行,欲往更难往。电光石火里,翻多少筋斗,乃知蒙昧意思,最难悟。此岸彼岸何处,烟雨茫苍行客孤,只向妙善公主,漫天彻地悲悯心,修几劫恒河沙数,方植出长生果、菩提

树？真难堪是俗子凡夫，焉说得我"寿者无"，恍然间心无施处。噫！洪波险，孽海遥，慈航度。

自觉此寺开光，我已尽了心，也就撒开手，此后多年造句忙、见人忙、喝酒忙、吹牛忙……直到去年，有人无心向我提起"丹霞寺的开寺方丈是天然和尚"，我才大吃一惊，晓得自己那些忙都是瞎忙。我对婆子说，得赶紧找时间，去南召，一看丹霞寺，二看辛夷树。她和她娘家几个亲戚，一听这事都是一团欢悦，弄了个车趁星期天去丹霞寺，隔了两个星期趁星期六，再去丹霞寺。

在从云阳镇到南召县不到十公里处，蜿蜒委曲的公路两边，丛林愈来愈茂密，丘陵一样的冈峦中夹杂着辛夷和竹林，婆娑掩映中不时能见到像房屋一样高、错错落落的石塔，或全裸露在外，或微见塔顶，和汽车擦身而过。凭我的经验，这是舍利塔林，离寺不远了。果然再折一道弯，清溪之侧，东边、西边赫然对称两个石峰岗中间，夹着两丈高的石坊山门。丹霞寺，到了。

《威尼斯宪章》对古文物修复有个"修旧如旧"的原则，这座寺是经过简单修复的，但依我的观察，可能只是佛殿僧舍补补漏，佛像稍作点缀耳，古气森森，荒芜气象尚未消尽,有几处危墙,还龇牙咧嘴歪矗着,仿佛在向来随喜的香客诉说着什么……刻着大字真言的石幢上写着"十方丛林",踞坐在山门与弥勒殿之间,西边还有一通碑,绘着观音像,也刻着我那道"造句"。总体的印象,不能算修旧如旧。我站在弥勒像前暗思:不知哪位善信檀越的眼神,稍作施为,那功德真是大了去了。

不爱热闹去处,这里雅僻;喜爱神会交通,这里有灵有性;思古之幽情在丹霞寺可以淋漓尽致。

这里还没有专设的导游,给我们讲解的是位老尼。讲到韦驮,我见这尊神祇是坐像,问她原因,她说天下韦驮都是站立的,我们住持当年募化,向韦驮许愿,说:"我若能光大丹霞寺山门筹到缘款,给你修个坐像。"果然如愿以偿。讲到龙柏,她说:"这株柏树早已枯死,一九九五年筹到款项,修复寺院,当年突然返青复活,你们看枝繁叶茂……"到观音殿,老尼又复稽首:"诸位信士,这里许愿最灵。前一个月,有一群年轻人来祈雨,跪地不起直到半夜,我见烧的那香湿了,就说,诸位回去,保证大雨倾盆,沟满河平……"后来他们送来一面锦旗:有求必应!

事实上当然许是巧合，但我在想，这是文化。有哪一种文化没有认知感应呢？

老尼还在说寺的奇观：左青龙右白虎，背靠莲花山……我已在思索天然这个人。他虽说是云阳慧能的徒孙，其实那名声还在他的师叔辈之上。这个进京赶考的秀才，听人"学儒何如学佛"一句话，不考了，剃头当了和尚，仰卧洛阳桥，挡住太守的车轿，狂言"我无事僧也！"大得太守欢心。还有著名的焚木佛案，这个释家子弟，冬天把佛像劈了烧柴取暖……这份洒脱不羁、自由放任的"佛性"，让他发挥到了极致！在这块风水地上，他能造出恁大兰若，自与他本人杰出的秉性识度攸关。

"诸位请香。"老尼还在说寺里的灵异，"北边山上的柏树，佛家不打诳语……没有经过任何修饰，自然生成十二生肖，我佛寸土不可思议……"我一边听，一边看，心里却想的是唐代孟郊的诗《送丹霞于阮芳颜上人归山》：

> 松色不肯秋，玉性不可柔。
>
> 登山须正路，饮水须直流。

71

倩鹤附书信,索云作衣裘。

仙村莫道远,枉策招交游。

断想慧能

　　这几年善病,时而地,也读一点佛经,也就和一些和尚居士有点来往。如今的僧侣们和昔年旧时已经不同。就如鲁智深《山门》一场里头唱的"哪里讨,烟蓑雨笠卷单行,一任俺,芒鞋破钵随缘化"——那样潇洒浪漫而赤贫的和尚尼姑已很罕见,也许是有的,只是吾辈俗人索居城中,烟火重燃已不知世外情景而已。我有来往的僧俗有男有女,也都使用手机,是很现代化的了。逢到人天欢喜的佛论日、礼佛日、佛祖菩萨成道日、寺庆日,我也常给他们发个短信什么的,"祝大和尚论喜禅悦"之类的贺词。

　　但是仔细想来,说个"泛善",无论僧尼或寺庙流派

73

怎样不同,大致上是不错的。说"禅悦"有时就未必准确,因为即使而今,有些寺庙他不是"禅宗",也未必就坐禅,或者什么禅定,说"禅悦"他可能有点好笑。我和少林寺方丈释永信相熟,我们都是人大代表,我看他身材较胖,就问他:"你这样,能坐得了禅吗?"不意他毫不思索:"少林寺是禅宗祖庭,我是方丈,怎么能不会坐?我每天都要坐两个小时的禅。"

我当然没有"请君入瓮",因为我相信他的话。和尚们"内里斗"那样的激烈繁复,一点也不次于我们的世俗官场。他能在佛界有那么高的地位,在人间世有那许高的知名度,不会是等闲之辈,也是在他的那个领域物竞天演的结果,他必须比别的和尚优秀才行。

白马寺是中国佛教的祖庭,我写过《如是我闻,汝来白马寺》的文章。我认为,白马寺建立时,如果可以这么形容,它是印度佛家在中国的"驻华办事处"。次后印度的佛教渐渐就式微了,接近"圆寂"了,慢慢地,释教的中心迁到了中国。唐玄奘取经,是一股脑儿把佛经搬到了中国,翻译成了汉文,如果印度人要取经,他们反而要写一部《东游记》,也是一件艰难竭蹶的功业呢!

就这个意义上说，世界佛教的中心，早已在中国，如来了然在中国，他的化身当然在白马寺，在少林寺。

一个多月前，我去了一趟广东肇庆。去的时候，是为了讲学，但到了之后才晓得，彼地乃是禅宗六祖慧能的故乡，他的故乡遗址在，他初度入佛启蒙也在，他的母亲和舅舅不许他出家，"你把门前这块石头'拜'开，才能出家！"——那块被他"拜"得裂开的大石赫然仍在。

这一条禅路，从一苇渡江的达摩算起，经慧可、僧灿、道信、弘忍到慧能，他是第六祖。我初中时读《红楼梦》得到这个信息，慧能与上座神秀辩偈，"身是菩提树，心如明镜台。时时勤拂拭，莫使有尘埃"是神秀的——你慢慢来，好好读书修养根基就成佛了，是渐悟。而慧能的则是"菩提本无树，明镜亦非台。本来无一物，何处惹尘埃"——什么也没有，明白这道理你就是佛！

这真是个方便之门，免去了普通人渴望升天成佛的多少麻烦。屠儿在涅槃会上放下屠刀，立地便成佛——做过多少无论天大的坏恶事，只要你改正了，就能立地成佛。上天堂突然不要门票了——这个理念比我们今天许多旅游经营家还要先进些,你想进我这景点? 掏钱。你想进我这庙礼佛拜神? 掏钱。你想……掏钱!而慧能则是,你进天堂吧,放下你手中杀人的刀就成!这真是个革命性的突变。

唐玄奘带回来的经太多了,就算博闻强识、智力高强的人,别说像他老人家那样,把经一字一句翻译过来,就算读一读想一想,或者说想悟出一点什么来,常常也是一头雾水。玄奘与我们凡人之间的鸿沟是太深了——你想学他? 休想。就实际上而言,玄奘也是很苦的。人们学佛是为什么? 是为了解决"生死"问题,活要活得高兴,死要死得快乐,死后要到佛界中享受无尽极乐——这是目的吧。翻阅玄奘的个人史,从头到尾都是苦,据说他圆寂得也很"艰难",弥留之际,他的徒弟们围在身边,隔一会儿就问:"(接引佛)来了没有?"他说:"没有……"问了许多次,他才说:"来了……"——不困难吗?

而慧能的就不同,他是在肇庆圆寂的,在肇庆的日思寺,那年八月初三,一弯残月照着他的禅宗,他把徒弟们都叫来依次坐好,他自己安详端坐,至三更时分,自然地对弟子们说"我走了"——他就"走"了。我们平常人想不到这个境界,那真是理想极了,但慧能告诉我们:"你能达到,因为你自己就有佛性,你自己就是佛,放下你的屠刀吧!"

佛界和所有的"界",都是在摇摆风浪中的一个群体,这是由"世"所决定的,世事世人世心造就了这环境,因为"世"字本身便有"蒙蔽"的意蕴。肇庆人送我一本慧能画传,他们当然没有明说,但我以为这位叫慧能的人,身材不高,瘦弱,也很平常。从他作了那首名偈,就有人不停地追杀他——为了那袭木棉袈裟,到他死后,还有人来割他的头——这倒是为了偷走去供祭他。真真的不易。

佛的世界就是这样,由印度变成了中国的,再因译家的张扬,由少林寺到肇庆,变成普通民众的,变成了世界的。慧能一个文盲,成就了佛的最高境界——他的唯心理论,比欧洲的贝古莱早出一千年去。他是中国的释迦牟尼,然而他也还是人。他的真身在韶关而不在肇庆。他去世后,人们为他占卜安放真身处——拈香指定:那香烟直指韶关方向。有些朋友不能理解为什么不在老家,我笑说,这很正常,那里是他事业兴发隆起之地。我们很多要人也爱家乡，但还是要葬在八宝山嘛。

到此这篇短文该打住了。

如是我闻，汝来白马寺

　　如来佛在哪里？这不消说的。谁不知道唐僧呢？就算没看过吴承恩的《西游记》，又有几个人不晓得电视剧《西游记》呢？大闹天宫啦，三打白骨精啊，火焰山呀……一切一切的铺垫，都为一个目的，去西天拜佛取经。这故事影响中国人到什么程度，我估量不来。我写过自己的往事回忆，我爱读小说，晓得小说的摄人魅力，是从《西游记》连环画本"小人书"开始，然后生啃硬嚼了原版图书，然后是《水浒传》《三国演义》，然后是《聊斋志异》《红楼梦》……读到四十岁，终于憋不住，自己也写起小说来。那自然，脑子里早就牢牢记住了，如来佛，在西天，在天竺，在印度。他曾是我心中最高的

"神"，他除了被蝎子蜇过一次外，似乎没吃过谁的亏。

曾经有一段时日，我误以为洛阳白马寺的"白马"就是唐僧玄奘骑的那匹，孩提联想，把两匹白马混认为一。后来才弄明白，白马寺的马是"汉马"，《西游记》的龙马则是"唐马"。马齿数多几百枚，同时也晓得佛传中国自东汉明帝。他叫刘庄，夜里做梦，见丈六金身的神人在宫院中飞行，听了臣下"这就是佛"，他下旨派人西行，在大月氏国巧遇印度高僧摄摩腾和竺法兰正在宣教佛法，便盛情相邀他们两位来中土弘说宣教。可巧的是，他们驮经的马也是白色的，汉明帝为他们建立寺庙，这就有了白马寺。

但是，一种文化、一种宗教的勃兴发达，绝不是两个外国和尚、一匹马便能成就的。读《西游记》只要读得细一点就能读出来，沙和尚在流沙河当妖精时，就吃过许许多多的过往取经人，他把那些和尚的骷髅骨穿起来当项链用！这大约是东汉到唐之间死的取经和尚吧？孙悟空蹬倒了老君炉，掉下一块变成了火焰山。据小说家言，是"王莽篡汉"时的事，那么孙悟空闹天宫也应该是发生在这时的了，已经在预设取经路上的障碍了。再深一点，又不是《西游记》闲说有"一百零八位取经人"的那个意思，有人考证，是六十多位吧。无论是历史还是现实生活，世人认同的只有成功者。玄奘不但取来了经，而且翻译了，而且播扬了、张大了，他是这一群求法者骨殖上站立起来的伟人。这是白马寺建寺之后的事例。那么之前呢？没有确当的记载。《列子》载："西极之国有化人来……王敬之若神。化人……谒王同游。王执化人之祛，腾而上者，中天乃止……"从这篇《西极化人》的故事，从"西极"二字到故事内容，我看都像是在说佛爷来华的事。但人家没说是"佛"，我无考证，只能姑妄言之。前不久央视播放大西南发现很多早期佛教踪迹，甚至寺院遗迹，给我的感觉是从春秋时开始，虔诚的印度僧和中土的舍身求法者，已经在锲而不舍地向世人引进佛文化了。汉明帝做梦固是佛缘约定，但夜之有梦必是日之所思，人间世有了"外星人"这个说法，你才有可能梦见外星人，这似乎才是人之常情。

佛的薪火在中国燃烧、传承、张大。无论有多么久的时光，有几多记载，正式地形成了不可扑灭之势的，却是从东汉这个梦开始。从这个梦游离到人世，升华结晶出一个白马寺。中国人从这里懂得的东西,可以说带着"革命性"的——哦!原来除了我们的孔子,除了老子、庄子、墨子、杨子……"二十四子"吧,外头还有大异其趣,又大可在中土光大发扬的另一维文化世界!我们历来以为的世界中心地位,原来不过是"四大之洲"之一吧!洛阳有了白马寺之后,整个中国传统意识形态,都受到了雷击那样的震撼。坚如磐石的儒教文化,由此越来越向人的内心修养追求探讨。从幼童的"恻隐之心"——天然自在的良知——到诚意、正心、格物、致知,这一整套修炼修养方法,探索后天的智慧仁怀,说不定就有佛的影响。我以为,从白马寺的晨钟暮鼓第一天响起,已经在浸润我们的这一维世界——释迦牟尼驾到,汝来白马寺——由此对中国政治、经济、文学、诗歌、艺术带来越发深邃的融汇、撞击,影响到我们所有的社会生活。你不是愁得睡不着觉吗?"姑苏城外寒山寺,夜半钟声到客船",世尊来抚慰你,敢怕你失眠?

但在佛教的发源地印度,佛的地位越来越式微。这种事不稀见。世界上除了中国的儒教,几乎所有兴教地都在本地站不住。兴教人呢,大都也在本国吃不开,被赶得颠沛流离,割得体无完肤。佛在中国建立的他的行宫或者驿馆——白马寺却长盛不衰,将近两千年钟漏不歇,香烟或明或暗总不断绝。无数善男信女,无论帝胄勋贵,抑或引车卖浆者流,三嫂六姨相牵呼引,是多少人?是恒河沙数?不,是黄河沙数!佛祖由印度"侨居"白马寺,从此,住中土"乐不思天竺",他不回去了。他的"法统"在中国,他变成了中国历代的佛。汝来洛阳,汝来白马寺,看一看就明白。

印度人自己创的佛教,在印度不行了,他们现在要研究佛经,需要来中国取经。一九九三年印度总理拉奥来中国,到白马寺来拜佛。十年之后的二〇〇三年,印度总理瓦杰帕伊又来到白马寺,每至一处殿宇辄焚香祈祷。白马寺中还供奉着初来传教的两位印度高僧摄摩腾和竺法兰的金身塑像,他们算是佛前迦叶的化身吧!他们也不走了,已经坐在那里一千九百多年了,坐定了。

从洛阳到南阳的神

　　我的爷爷叫凌从古,父亲叫凌尔文,也许承接了他们姓名中的文化基因,对古文化我有天然的挚爱趣向。

　　我是十三岁到南阳的,再从前是在洛阳。洛阳和南阳似乎是天生的一对城市。翻开《古诗十九首》,很入眼的一句,"驱车策驽马,游戏宛与洛",因为从小喜欢琢磨文字,知道了这地方叫"宛",也听说有出戏叫《战宛城》,"伍呀么伍云召,伍云召跨出了马鞍桥……"这桥似乎就在宛城外头。我与古文物典籍有与生俱来的缘分,八九岁在洛阳西南隅小学上学,星期天会约上几个小同学步行到龙门旅行,一天时间,来回路程五十里地,晚上回家会累得走路蹒跚。还不敢跟大人说,因为早上出去时,哄了妈妈说是去同学家做作业。好在龙门那时不是现时,无论谁去也不会买门票,在那里钓鱼也不会有人找事。此时到了南阳,南阳没有石窟佛群,但南阳有个卧龙岗,岗上有个武侯祠,也是个好玩儿的地方。

武侯祠与龙门不是一般样的情调。游龙门时我是浑然懵然的那样一种感觉。在洛阳,到西山看奉先寺——洛阳人管它叫"九间房",抱抱佛脚;再蹚过伊河,到东山坡扒开草丛看那一窝又一窝的洞窟,寸许来大的小佛们尘封在蛛网中,内急了还可放肆地在里头拉屎撒尿……夹山一条河里游泳嬉戏,满山荆树荆棘中坐了一千多年的佛们和光屁股的我们……在武侯祠,就很不一样了,前院到后院,拜殿草庐,宁远楼,关张殿……肃穆静谧,沉浸在绿的幽暗柏丛中。其实,从我家到卧龙岗一路走来,已是古意森森,大约有三里之遥,道旁景观与城里已固然有异,全是牌坊,有贞节坊,也有名人坊,夹路碧绿的草丛中俯卧着石人石马石羊,痴痴地望着稀稀落落的过客。

武侯祠也不要门票,但这个庙很有神气,满院都是碑碣,从躬耕亭到抱膝石,主院两侧长长的碑廊,都是碑。那个时候的岳飞手书《出师表》就矗坐在现在这个地方,然而我彼时的历史知识贫乏得像麻将桌上的白板,书法也特差劲——老师家长齐声说"臭"的那类学生——我是直到知天命时才知道这块碑并不是从岗上掘出来摆在那里,而是清时在安徽出土,因与南阳武侯祠有关,移运回来的。学术界有些人疑它的真伪,但由这件事,我相信这碑是一个"真家伙"。因为那时不是商品社会,没有人会为了"发展旅游事业"蓄谋以假乱真。不远千里运这些物件,恐怕很要耗点银子。

我喜欢看碑碣。我的古文底子,一是读课本,一是读《古文观止》《中华活页文选》这些书,再就是读古碑,古碑你能读个"大概其",回头再读明清古文,就会像看报纸喝凉水样容易。就这么贴廊墙挨个地去看,有的是文人墨客到此一游的感怀,也有名人题记,更有是灵显报应的酬神碑:某某将军作战,打到危急关头、性命攸关之时,武侯怎样显灵,关圣如何助阵灭贼,天子如何洪福,神庙因此显应,特用酬神⋯⋯还有求子、求财得报诸如此种林林总总,有些段子、小故事读起来颇有兴味的,读多了,千篇一律,我也就乏味了。

我一直觉得,南阳武侯祠的塑像品位不高,大拜殿里的诸葛亮主神位,"草庐对"中刘备与诸葛亮的对坐像,还有关张殿中关羽、张飞的坐像,除张飞瞠目参须有点个性张力之外,别的人物和城隍庙中神像无二致,苍白得也有麻将白板的趣向。那时的镇殿之宝还有一样,是明正德时的十八尊瓷罗汉,那倒真的是毕现真人个性,须发颦笑俨然如生的态度,可惜的是"文革"中被红卫兵砸了,碎得一律只有巴掌大小。还有沿途那些巍巍耸立的牌坊、石人石马……都砸了,碎了。那些红卫兵组成了南阳最野蛮的一个造反队。牌坊不易再收集了,罗汉的碎片当仍埋在卧龙岗的神庙或某一处,将来也许我们能有福再见体无完肤但形态生动的这些佛家高弟子模样。

龙门石窟用我们孩子话说是"没人管",武侯祠是两个道士管着,其中一个姓朱,时不时我还和他搭讪几句,相术说鼻子长得牛似的人"好道",我注意看过他,用《心经》里的话,真的是"真实不虚"。"文革"中我见他被人赶着,身着雷阳巾八卦道服,手执拂尘,一手举着

87

"我宣传迷信"的牌子，口中不停喊着："我叫朱……朱老道，我是牛鬼蛇神……"在南阳市满街转。他后来如何，我不晓得，我参军十年回来，卧龙岗已经不归道士管，归了文物部门了。

两个道士的任务，我看只有两件，洒扫座陵庙宇和伺候香火，大拜殿孔明坐像前的长条卷案上摆着石印的卦签，香客们磕头敬香，再礼拜，他就站在神前用拂尘虚扫一下，香客们就递钱：两毛敬上，然后就抽签，朱道士就会抽签，在黄纸叠里拎出一张回送。大致上都是四言古体，含蓄又意有所向地给香客一些指示。我在我的书里也有这些场面和签词，最初的葫芦依样的小说。

那时的卧龙岗上就有顾嘉衡那副名联——这联今天已名震天下，当时并不著名，朱道士说："人家自己说的躬耕于南阳，自己说的不算，你们说了算？历代朝廷都是在这儿登记诸葛亮的！"他指了一块石碑给我看，"那上头有皇上的旨意！"但那石碑我当时并没有看，近来研读资料才读到了。这原是一份当时的"中央文件"，礼部正字三千五百九十三号，历数从明洪武二十一年，在南阳武侯祠诸葛亮忌日八月二十八祭祀典礼的情况通报,名叫《敕赐忠武侯庙规祭品祭文檄文》。年年的农历八月二十八南阳都有这个事。祭祀孔明在南阳,不是南阳府的事,是中央政府的事。

龙门,是洛阳,是存于精灵的内涵,到龙门,你可需悟佛的境界,而进南阳武侯祠,可以接收更多历史的神性信息。

辑三

孑遗仅存——赊店镖局

这几年游览游戏,也算走过几处地方。什么名山胜水、寺观庙廊,逢到那里,就看,就思量。大致文人爱文物,也就这个模样——站在断壁残垣、残碑丛蒿前发呆,这叫"发思古之幽情"。你想的是"斜阳草树,寻常巷陌,人道寄奴曾住",其实,中国的刘寄奴真是不少,这些人文景点也就是千篇一律的心情感受。但是在社旗见到了镖局,原封的一个,故——什么呢——"故庭院"吧,心中是另一番滋味。

我所晓得的,我们最大的政权遗胜是故宫。从旧官署遗传留存下来的,有不少的"府",但清代的官庭不叫"府",而是"衙门",比如保定的总督衙门,那是直隶总

93

督的办公机关。奉天的总督衙门民国初年还有，不知现在还在不在，那也是有风水说辞的，叫"直隶不直，奉天无缝"。往下看，河南镇平、山西平遥也都有很完好的机关院落尚存。你走在南阳的人民路向东看，正在大兴土木，那是把全国唯一存下来的知府衙门也强力保护起来了。这么着，作为"官本位"的中国，旧衙门的留存也形成了从中央到县治的完整链条。但镇一级镖局，没听说哪里还有第二座。

我到社旗县城走一遭，有个感觉，社旗人想把山陕会馆建成开封大相国寺那样一个格局——以会馆为中心向外辐射，由会馆向南，开上一条明清大街，展示社旗江汉驿站水陆码头当年的情貌。社旗原名叫"赊店"，把"天下第一店"的婀娜风姿陈现于世。仅此便见，社旗人的脑筋够用。而镖局旧地，恰就在这条街的中部位置。我特别地要说它，就因为它稀见，什么叫"特色"？我有，而你没有——这就叫特色。社旗镖局，就像沉寂在沙砾和海水里的一滴松脂，在商业大潮中被卷上来露出，它变成了一块琥珀。

中国的镖局始于何年何月？我没有见到资料记载。

我想这件事就是问民俗专家，也未必有个确凿的时限。我的估计，出现在明中叶之后的可能性较大。但是"保镖"这样的社会活动，可能唐宋以后就有了。如果宋时有镖局，那么我们从民俗小说，还有施耐庵的《水浒传》这些书上就应该能看到他们活动的影子。但实际上见到的，是青面兽杨志，护送生辰纲——既然是庆寿的，那肯定是梁中书的私事——这个倒霉的镖客，虽说武艺高强，但经不起晁盖们在黄泥岗上折腾，他就完了。杨志是个标准的镖客，但他依托的不是镖局。

关于"镖"，那是有一整套的说法的。有说是刀鞘上装饰的嵌铜花纹，有说是"刀锋"，更多的说法是"暗器"。拇指按定四指虚托，仰手打出的叫"阳手镖"，俯手打出的叫"阴手镖"，肘下打出的叫"回手镖"，还有什么"接镖""还镖"之类的名堂。"镖"不是一种吉祥物，是武器。但成立镖局，保护商人财物转移流动，这个"局"就有点今天流行天下的"保安"味道了。

打开电视，常常见到这样的镜头，一群人嘻嘻哈哈——自然是王公贵胄，甚至是皇帝本人——坐着轩车，或骑着骏马四处招摇，或进入酒店，里头一应食宿用水方便，伙计殷勤照拂，然后东家掏出雪亮的一锭银子，往桌上一蹾，叫："店家打酒来！"我肚皮里暗笑：这是按照我们今天的"星级宾馆"来设计当时的旅店，也是按照我们今天的旅游心理，来设计当时出门远客的情绪。有时我也看两眼，有时直接就换台，因为我知道那有多么假。

李白写过《蜀道难》，其实难的岂止是蜀道？你敢情从海南往北京步行一趟试试！这还是"阳关大道"，试试消得不消得？海瑞走过不止一次的。"烟蓑雨笠卷单行"，走他个几里十几里地，那是享受，如果几千里呢？古人行路要自带行李，自带糇粮，住店自己打火做饭——店里只给你准备简单炊具，"打尖"就是"打火"的笔误吧？道路之崎岖，山川之险峻，河湖之渺茫，衣食住宿之困难……远非我们今日之人想象能及。更不必说土匪、恶霸、黑店诸如此类的社会问题，还有行人的卫生、健康之类的意外，实在说，这些事想一想，都会令人望而却步、心生畏惧的。那么你要携带财物呢，就更有十倍的凶险在等着你。就是在这样的情势下，镖局也就应运而生、而兴。

没有哪个镖局是单凭武功"走镖"的。这是一种社会行为，他们的安全系数仅次于政府的部队武装押运。做镖局生意要有三硬：一是在官府有硬靠山；二是在绿林有硬关系；三是自身有硬功夫。三者缺一不可。一般就这么操作，你去投镖，定金付出，把财物送上镖车，镖师骑马携刀随队，插上镖旗一路呼喊镖号。盘踞山林的大王们，如宋江辈，听是朋友的镖车出行，就会约束喽啰们不许劫车。好，安全送到，付尽镖金生意成全。我们可以想，下头的"工作"，官府要分镖金，山大王们那里更要"意思"——这个镖才走得下来。偶尔，也有"野路子"的强盗不听规矩，出来劫财，劫了镖车的也尽有，那叫"失镖"，这种事也不少见。

社旗原来是南阳的一个镇，这个镖局规模不大，按照我的想象，它应该还有个演武场什么的，放着石锁和刀剑之类的东西。可是看了看没有，也许早就湮没了，留给我们的是一座天井窄狭的旧院，厚厚的墙，不太敞亮的门窗，都洞开着，仿佛对来人说"我看见了"……

社旗的关公

前几年到南方看了几个城市,那里的朋友常常很热情地介绍,扳着指头给你历数:我这地方出过多少多少状元、进士若干、举人几何几何……我笑以应:"青竹满山啊!"这道景观实在也是很美的,但也实在算不上"独"。竹子是一片一片的,然而毕竟不是参天大树。

谓予不信,你有空可到南阳来走一遭,从夹袋里给你掏出一个,啊,是诸葛亮!——那襄樊在争说是他们的,不算定论的吧?南阳人从容不迫,又掏出一个,是张衡!像出牌一样,张仲景、范蠡、百里奚……多了。连文物景致也这样,平平的野地里,会冒出一座"独山",里头还包着玉。社旗四边不靠的小县城,给你推一个旅游景点——天下第一会馆,凭你是地北天南的远道行客,还是多粗多壮的富豪,地位显赫的大贵人,来南阳,谁不想看看这个山陕会馆。

但这地儿我自幼常来,汽车半个钟头就到了,那时见到再壮丽华美的古建筑我也不会有什么感动。只是觉得这座破落的旧城中间怎大的一座庙,还有听老人说刘秀在这里起兵时赊取"刘记"酒旗的故事,挺幽远,挺神秘的。我说过,我这人饕餮,山陕会馆前头的小吃味道好,社旗的牛肉,那是叫"啧啧!"……后来走了不少地方,也读了一点书,知道单是山陕会馆,就构成一种"会馆文化"的,全国留下来的就有八十多座会馆,我也看过几个整理过了的,竟是没有哪一座可以真正与社旗的这座会馆相媲美的。社旗人给它总结了十个"最"——占地面积呀,琉璃照壁啊,铁旗杆哪,慈禧题字啦……依着我的兴味,它给我印象深刻之"最",第一是石雕,再就是木雕。他们说还有一幅"二十四孝"刺绣也是"最",但我对这内容无甚兴趣,也没见过。几块石碑刻着行规,是全国最早最全面的商业道德规范,我也认为它是社会学家研究的兴奋灶。

木雕和砖雕我看过河北的一家、广东的一家，如果打分，可以与社旗的这一家打个差不多量，若论石雕，无论哪家会馆都无法和这里比。圆雕、透雕、浮雕、平雕、线雕……这都是雕技的行话，无论如何不能直观，我所能说的，只能用"玲珑剔透"来说，就这四个字，故宫里的石雕比不上它，狮、虎、麒麟、石榴、仙桃、各类花鸟植物、人物故事……看一件，再看一件，越看越让人错愕、瞠目——石头能玩成这样？是蒲山石，就是玩成了这样的无上珍品。想到我们而今正用这样的石料在做水泥，不禁令人感慨之至。

这里当然和别的会馆一样祭祀的是关羽。据我看，拜神大殿前的戏楼是天下第二，第一是故宫的角楼，九梁八栋七十二背，那没得比。这戏楼当然也是飞檐重宇，可以用得上"巍峨华美"形容，已经过了二百多年，它还有如此的风姿，稍加彩薄饰，真的会举世惊美的。再向后庙去，是春秋楼的旧址了，我当年离开南阳，这里还是一片荒芜的断石颓墙。这座楼是整个会馆的最高建筑，当年一些达官富贵被捻军包围在上头，大约下头是砖石结构，楼又太高，捻军用竹竿挑上被子蘸了桐油燃烧了它,直烧三天三夜才坍塌下来。战争,真是太残酷了,捻军这事做得也太差劲了。如今是社旗人新造了一尊关羽读《春秋》的铜像,从下看高高地矗在空中,也许哪一天会有一位大富豪给他新造一座春秋楼遮风避雨。这里的书记叫李中杰,是我旧友,他说,月初十五来烧香的人海了去。我说,关羽生日呢?中杰说,生日没定。回家后查了查,关羽的生日是农历六月二十四,但民间过的是五月十三,是他儿子的生日。我想,关羽已经接受了"五月十三"这个现实,这天他得子,也很喜庆的吧。财神这天大庆,彩结香花,烟火爆竹,加上大戏,惊天动地闹起,再洒下"天长地久"的赊店酒,美髯公肯定也会大欢喜的。

初记白河

　　黄裳先生是位老牌记者。我读他的《金陵五记》反复不忍释手,这本书说的是金陵,又似游记散文,又似新闻简评,又似有感随笔。我每次读它,常常废书而叹:倘使二月河有黄先生那样殷实的底蕴——富甲天下的学识,那肯定我也要为南阳写个三记、五记什么的。

　　南阳有可记的东西。有时徜徉在白河——在汉代,它就有了这个名字,它还叫"淯水",按山南水北为"阳"这一说,"南阳"这个地名就与这很有点干系——走在河岸,烟霾一样的垂杨柳林中嵌着浩渺明净的河面。我会想出很多事情,比如刘秀,很早就贩米于宛,他是多大的本钱,哪一本书也没说,但我想,这位光武帝的早期,实在要算那辰光的一位"倒爷",买卖小不了的,不然,他何来的号召力,一开头兄弟二人便在更始帝手下成了实力派。

但我在白河旁转悠时,很少想到他的帝业,我想到的是,他的米肯定是从湖北那边运来,在白河的哪个渡口上船,运进南阳的。白河的渡口,现在没有了痕迹,但凭我回忆,一处在温凉河与白河交汇西一点,现今的菜市街南一带,一处似乎在淯阳桥与西白河桥之间。

这里的水面早已不是汉代时那个概念。自从鸭河水库立坝,白河其实已经无水。没水,就别谈什么渡口,刘秀如何登船押运他的米,云云,更是胡思乱想。然而现在修了四级橡胶坝,比白河有水时似乎还要有水些,成了南阳城里人心中头等览胜之地。尽管年年淹死人,它的这点子毛病,南阳人是不怎么记得。单是春夏美吗?绿色丝绦样的柳枝,拂扫着一群一群红男绿女,在岸边踏青,林中岂止燕子,白鹭、天鹅、鸳鸯、八哥……什么鸟都有,明净且幽深。如茵的芳草地上,红的黄的蓝的紫的花,宝石一样点缀在艳阳之中。这里铺上一张草凉席,摆上点心啤酒之类,三五好友,人伦家庭,过个双休日如何？

　　秋天我到河畔，更多是向东走，白河水与其他江河走向有异，它不向东，是自东而西南，那样弯弯绕儿，袅袅婷婷、委委曲曲绵延了去。你向东走，看到的是清澈到纤尘绝无的水潦荒滩，一丛一丛摇落黄萎的芭茅、黄到发白的衰草在绿水寒风中瑟缩，配着令人伤心的老树，间杂着黄叶，在河岸上寂寞飘散。这凄凉的美，是足以令人神痴忘怀的。

　　冬天，一定是要等下雪，下雪天到白河，那种情味是极独特的。我最爱这时间看河，看过黄河，雪后是卷着进入河床，黄色的浪似乎不停地贪婪地将雪片裹进它的怀抱；洛河则是另一类，静静的河是一个层面，河上的落雪又是一个层面，是上边的层面向下坠落……你看得久了，会感觉雪是静止的，而河面在不断地提升，与雪融合；白河则是又一品位，你站在桥上看，雪裹雾罩的岸柳，朦胧的川，朦胧的水，隐约的房屋，点点如织的游人，最易想到的是"霰雪纷其无垠兮，云霏霏而承宇"这等现成的句子，大片大片的雪滑过你的视线，像蝴蝶一样飘摇着，消失在水面之上……

这点子"作文"，也就是个高中水平吧，人的情态不同，那肯定可以找出更妙的词汇的。当然这是"人造湖"，说起来好像有点令人扫兴，但它的美，不逊色于杭州的西湖、扬州的瘦西湖。西湖、瘦西湖难道不是人造湖？

好了，好了，我看这汪水，好则好矣，了则未了。水域是不小，景色也很宜人，只是有点像村姑，有风致，可文化程度不高，初中水平吧，学历是太低了点。倘使就我们南阳人玩儿一把，夏天歇歇凉或"浪里白条"游泳，那够了，倘向别人吹牛，那就说："哎呀呀啧啧！那真好，那真好得不得了，冬天好，夏天好，春秋更好，哎呀呀啧啧……"除了"真好""好得不得了"，没词了。这就怨这片水是"初中"文凭的过。去看看西湖便晓得，那雷峰塔，一下子就勾起白娘子怎样，法海老和尚如何；苏堤春晓，那柳树是否比白河柳绿些？不见得。那里有"柳浪闻莺"，你来白河听听，黄莺也有，鹧鸪也有，一样好听。我的一位朋友看了西湖断桥，失望至极，回来告诉我，我笑说："你太痴了，贾宝玉一样，特特跑到郊外井边祭奠金钏，林黛玉就嘲笑他，不拘哪里的水舀一碗一样祭奠!"西湖有"三潭印月",白河的湖面不印月吗?西湖风月无边,白河风月有边吗?不是那回事吧。

学历低,就是受欺侮,不信你试试!

所以,我之见,要根据档案把白河的"学历"弄清楚,方才说的"枭米渡口",肯定就在白河这片方寸之地,就是履历之一。比如说,刘秀的妻子阴皇后,出了名的美人儿,肯定随丈夫来南阳的,白河上洗头、浣衣,一块石头就能恢复搞定的事。严光的钓鱼台能否移植过来?张衡、张仲景,你敢肯定他们没在白河边读过书?他们肯定来玩儿过的,不妨弄个亭子水榭……这不算伪造学历吧?有些事,我们这代人不做,后代人做起来就更困难。

"二月河想造假?"不是的。我说的事,都是这"村姑"档案上实在有的事,应该记在她的"学历"上——上过哈佛,文凭丢了,难道就不是哈佛毕业吗?——这种文化点缀搞起来,知名度也就搞上去了。

白河,好玩儿。

花洲情缘

又回母校走了一遭。上世纪六十年代初,我在邓州上学。那时这个市名叫邓县,八十七万人口,也就这么一个高中。三万多初中毕业生,也就录取那么不到二百人。当列队宣布录取名单时,我还真有点欣喜若狂那情味:要到一中上学了,一中啊!

邓州一中不是个等闲的学校。这个地方名字就叫得"独秀":春风阁、百花洲——是范仲淹讲学的地方,范老夫子的《岳阳楼记》也是在百花洲他的书院写成的,而他在写这篇文章时全凭的是资料与想象。他还没有去过洞庭湖,见到的只是岳阳楼的图样与相关资料。我想这可能和二月河创作历史小说有相通之处:饮一瓢浆而意拟三千弱水——也还是作者的直接感受,只是综合了彼时彼地的色受禅悟、此时此刻的色想而已。

南阳这地方出了两句名言,恐怕全国有初中以上文凭的人都能随口而出,一句是诸葛亮的"鞠躬尽瘁,死而后已",再一句便是范仲淹的"先天下之忧而忧,后天下之乐而乐"。我以为诸葛亮的那一句精神可嘉,境界不大,不过是对蜀刘小王朝的死忠承诺就是了;而后一句涵盖的人文意义是超前的,它的人民性、公而忘私的主观意识,今天看仍是先进的、积极的。这一句正是出自范公之口,写在百花洲上、春风阁前,我的母校一中里。

春风阁我读书时没见过,说是在民国战乱年间湮没了。百花洲那时就有,一个不大的水塘"环墙",是邓县高高的城墙,水塘中还有一座压水亭子,已是破烂不堪。但那植被是很好的,满城墙的土坡都是绿,百花洲是绿,水塘的水映着柳色与城上茂密的灌木与衰草也是绿。范公祠的许多碑刻都嵌在厚厚的砖墙上,院中几株古柏与乌柏,将祠堂映衬得深邃、幽静和安谧。我没有更多的历史感悟,只是觉得这地方神秘,内涵不能透窥。

我一辈子上学没上好，走到哪里都是个"臭"。高中毕业已是二十一岁的大龄学生，这个年龄很多好学生大学也毕业了，而我还面临上山下乡、找工作，孝敬父母的事更是渺茫。所以参军时我立下了志气，抓住最后一个机会发展起来。就这么，"发展"成了二月河。但其实长期我都不自信，不自信惯了——就写小说而言，以我的文化知识，在中国文化史里这都不算怎么回事的，甚至算是"丢人事"的时辰也多多有——我始终觉得我这点包括了《奇门遁甲》《万法归宗》，什么麻衣、柳庄等这些知识学问都不算数。当然我也有点"正经"学问的——学问不算学问，或者"不够学问"。项羽说过"富贵不归故乡，如衣绣夜行"，我有这点不自信，就不愿故地重游——我没有穿新衣服，穷当当的，羞见江东父老。有了这点子心理障碍，百花洲近在咫尺，也晓得它的重要意义，直到《康熙大帝》《雍正皇帝》《乾隆皇帝》书成，没有踏进邓县一步。

但后来终于在朋友的动员下成行了。他们的鼓励，使我平白地增强了信心。我也实在是想念这地方。我初中的那个水塘"爱母池"，我在人武部夏日露宿的篮球场,春风阁、百花洲——你听听这名字就够你神往,何况我在那里度过了许多饥饿的风花雪月时日。去看了百花洲,它已和邓州一中分体另立,回来还写了一首长短句《谒花洲书院有感》:

> 蹊径老塘犹存,残城草树相抚。春风阁前明月清新,百花洲上斜阳迟暮。四十载烟尘如昨,八百年游子归路。指点少小新学生,知否,知否? 此是范子情断处。

这当然很一般的。但他们还是拿去刻了,还在碑上加了"二月河读书处"题样。我不能拂了朋友一片好意,却也由此悟到许多珍贵文物的原始概念——能引起你久远联想的东西,就叫作文物。

中国的教育其实一开头就是"两条腿走路"。一位三家村老先生,几位家长把蒙童送来。孔子是收芹菜、风干肉的吧,那是"学费",后来的情况花样很多,有一家办、有几家合办的私塾,收散碎银两、收制钱,以物抵学费的也很多。四书五经、《三字经》和《千家诗》等都是教科书,这说起来能写一本书,简而言之叫私塾。再就是政府、官办的,比如太学、国子监,那是中央一级的"大学",

各地府有府学,县有县学,堂而皇之的名字叫作书院。南阳就有一条街,名叫书院街,还有旁边的三元巷什么的,一听就知道是怎么回事。那里有个南阳第一高中,就是民国"接替"前清府学的。

书院,在彼时可以说"长城内外,大河上下"到处都有的学堂官称。我见到胡适的一份回忆,说在某国代表北大参加一个会议,北大因建校不足百年,他因而不能列坐主席台上。回思北大前身乃京师大学堂,再前身是前清的……那么着算,窝囊死了——台上那些头矗得葱一样的诸公,连北大的孙子辈都算不上。本来坐主席台的,却坐了台下!我们比他们才真是"老牌的""正字号"的!然而从实际社会学意义上讲,书院文化真的是老了、朽了、死了。讲四书五经,说八股文,年年代代一成不变永远如此,没有任何新陈代谢。说句极不中听的话,关在密不透风的房子里,呼吸一室几千年同样呼吸的空气包括屁,这人能不死吗?太阳落山就是落山了,死了就是死了,该死就死,循环更生,乃是好事。胡氏想得有点偏了。

整个中国的书院像是一片大竹林,平平的、齐齐的,

111

一色一样:开花了,萎谢了,齐根死了,完了。但这片大竹林中稀不棱地也留下了几株大树,岳麓书院、嵩阳书院就是了。那原因也极简单,二程、朱熹、王阳明这些在学术上、功业上有所建树的名人进驻过,在这里讲学或著述过,就这么简单。也就是松柏树吧,前后庭院讲堂学所,歇山顶的房子吧,吃喝拉撒睡,不会比别的书院少,也多不出什么去。这些地方因了名人而成名地,你去看看,至今还是游兴甚佳者多多。

我们冷落了百花洲,慢待了春风阁。其实,是不是这样? 用范仲淹和上述的几位名人做一做比较,以《岳阳楼记》的知名度和人文涵盖衡量,这冷落、慢待是明摆着的事。这事我想过,竟是这样一个结论:邓州只是个"州级",书院相当于"县级"而已。就这个小小的原因,就居然敢慢待范公! 你去看看湖南的岳阳楼吧,看他们是怎样显摆张扬的,《岳阳楼记》不是在岳阳楼上写的,湖南游子把栏杆拍遍也无法改变这个事实。以"县级"而轻慢,以省学而高看,是否有点趋炎附势了? 我这当然是批评,批评的是清代直到当代学界、文物界的诸贤长者——所有那些书院,包括岳麓、嵩阳,等等,其实功能早已丧失。唯有春风阁,九百余年春风年年应命而至,百花洲岁岁花树如织,由"县学"而"一中",九百余年香烟不断,缭绕豫之西南,洵是人文奇观,这实是范公余德所泽呢。

范公祠、百花洲、春风阁,这几处胜地现在政府已大规模修葺峥嵘,"增其旧制",花繁树茂、修竹长林渐起。范公修书为《岳阳楼记》的堂奥亦宛然隐于荷塘云树掩映之中。作为一个旧学生,心中实有不能言表的欣慰。

凭吊陈胜王

中国的整部历史,可以说就是一部农民造反的历史,但若细论,真正成功了的农民领袖,独独的单一的,只有一个朱元璋。只有一个,连"寥若晨星"也算不上,"屈指可数"也不必屈。李自成是进了北京,差一点就"坐天下",一个多月吧,稀里哗啦垮了下来。还有一个洪秀全,也是"差不多"的了,败得比李自成慢一点,也还是败了。好比是下围棋,布局似乎是形势不错,中盘或收官不行,输了半目,或全面崩溃,大龙被吃,总之是不中用了。我听说围棋国手对阵败了半目,会难受得整夜大睁着眼看天花板。这些人连命都搭进去,倘地下有知,更不知如何排遣这份终天之恨、无尽之悲。

输了就是贼，这没有说的，闯王叫"流寇"，太平天国叫"长毛贼"，史书你随便翻，大致意思都差不多。这事也是有个例外，那就是千古道义英雄——陈胜，败了死了，史上称王，司马迁写《史记》，将他列入"世家"，是照"王"的规格列述撰评的。

他的王陵高高地矗在商丘芒砀山怀中。今年我到豫东走了一回，就这么一小块"山区"，再出去几公里，那边就是安徽。石头山里沟壑纵横，中间他的墓封土高耸，有点像从地下冒出的笔头指着天穹。他要在天上写点什么呢？不晓得。

我管芒砀山叫"汉域"，因为就我的见识所及，哪块地方的汉墓和汉代遗迹都没有这里这般集中这样完整，如此的汉风神韵。陈胜不能算"汉"朝人，他生活在秦朝末年，他是秦帝国一个大大的叛逆。是不是可以这样说，他是楚国亡国劫后余生的一粒火种，烧灭了秦，自己也燃尽了。这个强大得让我们今人无法思议的帝国，被这粒火种烧成一片废墟，废墟上重生出"汉"——既是王朝，也是我们华夏民族的主要构成民族的称谓。从这个意义上说，陈胜的陵墓设在汉域里那是天意吧！

千古首义无一例成功,这可以说是一个通则。成功的都是二义、三义、四义或五义。我看金庸的书,写张无忌,哎呀,倚天屠龙,何等雄壮的事业,他是教主却不当皇帝,也没有当皇帝的心思。朱元璋就上去了,朱元璋在"明教"里不过是个三流角色,但他却成功了——这个写法未必完全合乎历史事件的真实,却是历史规律的真实。

就陈胜而言,出身是地地道道的"贫农",给人当长工的赤贫。但我心思里尚有一份狐疑:他应该是个楚国亡命流徙避祸的家庭里出来的,"陈胜,字涉",司马公明明白白这么写,真的是蜗居山野的耕夫家庭,累世为人奴役的最底层人,有姓名,还会有字? 没有仔细考证过这个学问:当时的这个阶层有没有这个习惯? 再说,在地头上歇息,他会突然冒出一句"苟富贵,无相忘"的话,这是知识分子才会说的话。人家反驳"要是种地,哪来的富贵",他更是出语惊人:"燕雀安知鸿鹄之志哉!"就算是经过了文言修饰,就这个言语志量去琢磨,他似乎家庭背景不简单。

秦帝国亡就亡在太相信武力,太过分地迷信手中的政权。"执敲扑而鞭笞天下……胡人不敢南下而牧马，士不敢弯弓而抱怨"，这是贾谊《过秦论》里的名言。秦在灭亡六国的同时，残酷的兼并战争也播下了极度的仇恨种子，当时就有口谚："楚虽三户，亡秦必楚。"陈胜的故乡不知是否楚域，但陈胜揭竿，口号就是"大楚兴，陈胜王"，其中似乎有着很强的思维联系：他受过这种教育，他未必有文凭，但他有这个知识，逼得没办法造反时就用上了。他的朋友吴广，有点像是他的"政委"，外国军队有"牧师"一说，《史记》里说他"素得人望"，似是透露了这个搭档关系。他两个一结合，"一样是死，为国而死吧!"——这个口号没有丁点私意，堂皇光明揭竿起义，就这份心胸，水平很高的。

陈胜起义了，天下景从，到处都是他的旗号。有人说他的失败是因为"胜利冲昏了头脑"，我觉得也许有一点，但又不全是。心胸志气我以为他是够了，但他器量小了。他当王，自然宫室娇娃尾从如云，这也是顺理成章的事。昔年和他一块儿种地的穷朋友来看他，不过夸了几句"好大的房子呀!""真气派呀!"之类的话，本可一笑置之，资助几个小钱打发回去也就是了，他却把人家给杀了！这就很恶劣了，他自己"苟富贵"但早忘了当时的话。这也许是身边那些马屁虫的撩拨，但他是王，是杀人主体。比起刘邦，当了皇帝回家看亲戚老乡，又喝酒又唱歌又哭又笑，真是差了云泥。有一出《高祖还乡》是唱刘邦这件事的，其中道出的心情我看也是真实的，有忌妒的，有肚里暗骂的，有假惺惺奉承的，刘邦几曾有怪罪的意思？

再就是，他的警卫部队似乎不行，打败了仗，怎就没人跟着保护他？这也许是他过于刚毅，不晓得体恤战士的原因。实践证明，陈胜的"领导能力"是很有问题的，他缺乏常识，结果他被司机给杀了——"庄贾"，看这名字有点像做生意的，他把陈胜送了无常，车夫因此名气传于百代，陈胜是窝囊死了。

陈胜的墓在芒砀山，笔尖一样永远指着天，他想写什么真的不知道。郭沫若给他写的旧墓碑太小，现正在重新刻制，拜台也在重新修建。那地方还要修建刘邦《大风歌》的铜像，看铜像时，劝君也到陈胜陵前"扼腕"一会儿。

怎一个"悔"字当得

早就想看一看壮悔堂了,终于成行了。

商丘这地方,上古时期名人很多,但到近古,似乎就少些。侯方域算是一个吧,不知什么原因,每想到他,我常常一下子就联想到另一个人,其名钱谦益。按当时的说法,侯方域是名闻天下的"四公子"之一,应该是与方以智、冒襄、陈贞慧们排在一个序列里的。但他的实际遭逢却与钱有点相似。第一,都是名士;第二,最终都顺了清室;第三,都娶了名妓做妾;第四,名妓的下场也差不多。这也就如数学里头的"合并同类项"了的吧?

其实二人情由很有点区别的。我以为,侯方域、李香君是郎才女貌,自由恋爱自愿结合,是一对璧人天作之合;而柳如是之嫁钱谦益,却显着有点勉强——我想,当时名妓嫁名人可能是时尚,很摩登的一件事。很可能的是,柳如是找不到第二个侯方域,眼睛一闭就嫁了姓钱的。她说过这样的话,比较自己和丈夫:"君之发如妾之肤,君之肤如妾之发。"年貌上的巨大差异,产生这么点幽怨的幽默也是正常的。再就是钱谦益资格老,万历三十八年就是进士了,做到礼部尚书,地地道道的"正部级"了。老实说,六十多岁的人了,在前明当了大半辈子的官竟又给清室做尚书。而侯方域一辈子没当过官,清顺治八年应过一次试,中副榜,为此而抱终天之悔的吧? 这年他三十三岁,过了四年便郁郁而终。仅就钱、侯二人的履历比较,后人心目中敬侯而抑钱,便是自然而然的了。

康熙这个人是很深刻的政治家,他对降顺他的前明官员很不客气,不但不重用,而且时时苛责吹求。钱谦益被俘,柳如是几次劝他死,他都视若无睹;暗示他死,他装迷糊,此事通天下皆知。康熙大概也是知道的,他瞧不起这样的人。活着不待见,死了——他专设《贰臣传》请你上榜示众。他的想法很简单:你能投降我,你照样能投降我的敌人，我的臣子如果学习你，将来有一天我们势败，就会弃我而去。这就把降清分子们的处境搞得极为尴尬。"贰臣"这个词真是厉害！一直到清末，很多清室官员不肯降顺民国，就是恐惧民国修史把他们列入"贰臣"。

侯方域的忧患纯粹是革兴时期的典型知识分子情绪，他不满于明室，又留恋旧朝，对清室王朝的陌生感，异族的隔阂，恍若隔世的幽绪，人情的、社会的、家族的、世俗的，种种不堪忍受的压抑与扭曲，远非我现在这点格致功夫所能涵盖，你看看他的《壮悔堂文集》《四忆堂诗集》就知道是何种心境了：

> 天涯去往竟如何，最是关情云雀歌；
>
> 细忆姑苏好风景，青衫回首泪痕多。

壮悔堂就坐落在商丘古城北门近侧，外头一色青砖雉堞如齿，高大壮观的城楼不亚于山西平遥古城。几乎一进城就是侯家院。这无论如何都是三百多年的老宅了，修葺过也是按《威尼斯宪章》"修旧如旧"的原则，旧得稍显阴沉晦暗。前后三进院子不算大，然而我相信，侯公子的大院当年恐怕远不止这个规模。我站在壮悔

121

堂前,翻想当年人事,侯公子这个"悔"字,真是蘸着骨髓里的血写出来的。怎么打比喻呢?就好比修炼了一辈子,冰清玉洁一心向善,马上就要成佛,忽然很不得已地"自愿"吃了一碗狗肉!守节一辈子,马上就立贞节坊,却又"自愿"被奸一夜——这样的情调是天意安排,当不得侯方域是肉身凡心,他难以言传的悲凄也就成了化解不得的块垒了。

这种情绪只有"胜国遗老"才能真正体味。前朝还有两个书法家,一个叫赵孟頫,一个叫董其昌。董其昌是晚明人,做到南京礼部尚书,他的儿子强抢民女激起公愤,万余人包围了他家,将一楼字画付之一炬。赵孟頫呢,南宋人,宋亡时他还小,投仕于元后,官做到翰林学士。他的书法称雄一世,"画入神品,四方万里,重价购其诗文者,至车马填巷",人们万里驱车买他的字,用如今北京话说:塞车了——这样的显赫。但后人评议"左董右赵"。因为董只是"教育子女"问题,小节;赵呢,他不该去元朝做官,"政治品质"差劲了!我的一个山西老乡叫傅山,也是大大知名的一位前明遗老。甲申明亡后,他立意"不食周粟",决心要当遗老当到底的。

可是一六七九年康熙开博学鸿儒科，他是"征君"。他"固辞，不获"，被押送到北京他便装病。魏象枢也不知是敬重他，抑或是怕康熙追究自己"工作不力"，说他是病得很重。康熙肯定心知肚明，就腿搓绳特诏免试，授他"内阁中书"放他还山。就此情而言，他与赵孟頫是有点"似"，他前半生几乎一提"赵"字就头痛，就骂人，但他晚年，深深理解了赵孟頫，也就原谅了赵的仕元之举。

清室联络前明知识分子，其情调也是很复杂的，除了政治需要、舆论需要之外，还有"真心佩服，努力学习"的诚意。除了顺治之外，看看各代皇帝的汉学修养就知道了。他们到后来自觉顺承的是汉家文化，而本身满文，则是"政治需要"强迫学习的。康熙自作表率——你打开这皇帝的诗集——虽是汉家皓首穷经的老诗人，不能过之。傅山虽不应试，他照样给官；你不做官，给你虚职，这还可以说是作秀，但傅山死后多年，康熙仍殷殷存问他的家室子弟，我看就是诚心诚意地爱重他了。他用贰臣，又小看贰臣；他是汉族的敌人，却又敬重汉家气节——这是康熙的真实心理。清王朝的这个

123

心理把汉族遗老们折腾苦了。侯方域没有活到康熙年间。看堂上大大一个"悔"字，我心里暗思，这于当时兴亡革替之时，他的悔，还只是"初级阶段"呢。他若再活三十年，不知悔成什么样子呢！

痛苦啊，不在痛苦中爆发，便在痛苦中灭亡。侯方域就这样亡在商丘，他的妾李香君和柳如是在钱家一样，受族人排挤，也郁郁死在商丘。商丘仁厚的大地永远埋藏着他们的希冀、企盼、失落、沮丧和永永无既的悔。

都江堰的神

　　四川的都江堰,我上小学就在语文课本上读到了的,是秦国李冰所造。后来到青年时期,又读到介绍资料,说是"李冰父子所造"。这么一点小小的差异,在我脑子里打了个小问号:是不是又有新的文献资料发掘出来? 李冰时期没有纸,那是哪个秦墓中出土了竹简? 抑或又有新的文物佐证,考古新论昭示? 这时,我已开始读一点史籍了,我不记得李冰还有儿子这一说。

　　我们中国的文献虽然多,但是它的可信度是应该有所存疑的。秦始皇烧了一次,他为了"愚黔首",来硬的,公然地蔑视文明与知识,一个字——烧,留下的只有他的国家档案图书和孔子后裔在"鲁壁"里藏的那点了吧。再一次就是乾隆皇帝,他烧书不多,然而他删改历史资料,大规模地搞,弄得读乾隆朝之后比如《四库全书》之类,你就得多个心眼,加个小心。但我不相信祖龙也会烧李冰的资料,因为李冰是他大秦的老功臣,乾隆也不会弄这个,因为"李冰父子"与大清国脉毫无瓜葛芥蒂。

一直在心里想象,都江堰是个什么样子。去过的人回来手势翩翩,言语喋喋,说得眉飞色舞,但我这个人听得一片模糊,始终找不出感觉。因为我有经验,不实地去看,终归"说的不算"。景物有行、质、声、色诸要素,给你一张黄果树瀑布的照片,或让你看看电视图像,你就算见过这瀑布了?那差了去了!你只是知道它的模样而已,而且这模样也是平板呆滞的。所以没见到断臂阿佛洛狄忒真身别谈维纳斯,没真看过蒙娜丽莎,你也甭说达·芬奇。人,对着照片,谁会震撼呢?

应友朋之约,今年到成都,总算见到了都江堰的实象。尽管心理上已经有了个谱,我还是眼一亮。我的"经验"再一次得到实际印证:你不来都江堰,凭谁的生花妙笔也跟你说不清楚,这里的"文化"氛围是不能用语言只能用"心"去感知的。"伟大呀""雄壮呀""宏伟呀""精妙呀""神秘呀",过去读到的文章,最好的也不过如同一个中学生在大学教授前摆弄见识,这些词,唉!怎么说呢,也不能说不准确,然而都显得干瘪、苍白。"大象无形",它本身超越了语言范围,再能写文章的人也束手无策,束笔无文。所以,我告诉导游的管理人说:"此景只应天上有,其实天上也没有。"文章里写不出这里的,你得来看,我如写游记,也不过就是那样的中学生见识吧。

怀着对"父子"说的疑窦,我问都江堰人此事端的,我想他要解说一串子的,然而他干脆利索一句话:"李冰没有儿子——你看这尊神,是二爷。是修造都江堰的神,其实是人民伟力的化身。"

这真有点当头棒喝,我一下子悟了。其实我早该悟了的,只是我长期认为,中国人是英雄史观,不会没有一个实拟的人的模特儿。门有门神、灶有灶神、路有路神、城有城隍……你去考论,背后准有一个名人。"二爷"当是二郎神,是杨戬。我们在《封神演义》里头见过,但我不知变成杨戬的名人又是谁。如《宝莲灯》说是玉皇

127

大帝的外甥，那仍旧是神。在现实生活中仍是查无此人，"以虚拟虚"细推理义。这样夺天地灵气、穷造化之神韵的工程，人为不可能，只有这样才符合都江堰实际身份吧？

二郎神不是因了他玉皇大帝的外甥身份而显赫的。我的感觉，他这尊神有点特殊，不论他的作为正确与否，他似乎都是威力不可战胜的，在《封神演义》里无敌，在《西游记》里连孙行者也不是他的对手，他是人格虚拟出的最高神祇。

后人大约无法思维，都江堰那个宝瓶口怎样开凿，分水头怎样设计，一次分洪、二次分洪怎样构思，这样庞大的工程又怎能靠人力去造办。想来想去，不能独李冰能拥有此力，托寄一下吧，还有个"二爷"吧，那就有了"李冰父子"。

然而我相信，中国神的命名法在这里也不会例外，生前"聪明正直"死后必为神。李冰是主持都江堰全面工作的，理所当然排在第一，还应该有位"常务"的，能具体帮李冰料理工程细务的工程师，这才合乎常情，也许年久失传，也许秦始皇烧了，他就成了"二爷"。我们中国人古时搞工程,没见过有"图纸"这一说,况且秦代还没有纸呢。就到清代我看到清人笔记,康熙平三藩之后财政好转,修缮故宫,也是师傅在木料堆里转悠,尺子量量用脚一踢,"在这里凿榫","这里要卯"——李冰与"二爷"们大约也是这个干法吧?

真的无法想象这爷们儿怎样在工地转悠了,你不来都江堰更没法想这事。他修这堰固然是为了军事战略,但是仗也打了,地也浇了,船也行了,这地方成了"天府之国",川人享用了两千多年。

这神仙了得! 李冰与"二爷"这样的神愈多愈不嫌多。

神幽青城山

　　读过金庸小说《笑傲江湖》，谁不知道青城山的"余观主"呢？这位观主，其实是金先生笔下的一位武林恐怖分子。他从制造恐怖开始，到他生命终结，在极度的恐怖中死去，"现世报"从他的生命履程中可说是得到了淋漓尽致的表述。他为了一部《辟邪剑谱》，人性和本性全部迷乱，但他同样栽在因《辟邪剑谱》迷乱了本性的人手中。这故事可算"有意思得紧"了。

　　本来，小说家言，金先生姑妄言之，读者姑妄闻之也就罢了，但我们读者的感情情结有时会和政治情结、思维情结惊心地一致——余沧海不是好人，他的青城山道场也未必就是佳地吧？我虽然不喜作此联想——比如岳不群是个伪君子,能妨碍华山的挺拔雄壮?但毕竟没有去过青城山,读小说是有某种催眠式的心理暗示的,青城山在我心目中多少有些霾暗的感觉。

偏我赶到青城山这天是个响晴天,从蒙着黑玻璃膜的汽车上下来,整个世界仿佛是乍然一亮,风和日丽。孟夏的风已带着微微的熏熏之灼。青城山就在右侧面高高地矗着,在灿烂的太阳光下,是整整一块翠玉叠嶂而起直插蓝天白云之间。

绿啊!绿啊!几曾见过这等样的绿呢?我多年和山打交道,当兵多年驻地就在大山中。山西的太行、吕梁,辽西的燕山,还有什么长白山、兴安岭都见过,总觉得都不及这巴山蜀水的葱茏。"说文物典型,咱们北方说去;说山水,到四川、两广,去云贵。"这是我一个固有的概念——四川的山已是"甲天下"的美,再看青城山怎么说呢?"甲巴蜀"吧!这样的绿没见过,这样的秀没见过,这样的从容幽静也还是没见过。我们知道,一座山的绿化面积若有百分之五六十,那已是十分诱人的幽美了,青城山呢,若百分之九十五!只余下盘蜒逶迤的曲径小道了,且这些小道也被遮天蔽日的绿荫完全覆盖了,它的负氧离子含量是成都的八百倍,这样好的空气,我也没有吸到过⋯⋯

这么着写下去,是一个中学生在写度假作文了。一个字,青城山可用"幽"来概括。幽是因了它翠,说它是"翠玉"仍不合适,应该说是"玉翠"。四川若是一块玉,它便是这块玉中的"幽翠"。

但是一座山,尽管你有倾城倾国之姿,除非如九寨沟那等绝世风华,一般来说是"有仙则名",也就是说没有仙就难成名。青城山是张陵的修行道场,张陵就是张道陵,是道教的创始人吧。道教讲究冲虚,与佛家的"空"是不同的,精化为气,气化为神,神化为虚,就这样修炼——说是这样说,我还是认为道教是异常的务实,就比如说这座青城山,它的存在、它的神幽,都是实实在在的。应该说,仍是这种有形的美使他兴奋,是那满山带着幽郁的朦胧、虚化的神韵感动了他的吧。道教是个有意思的宗教。据我所知,世界所有之教派,大抵在本生本土都是带着式微的样子熄灭的薪火,只有道教,本乡本地、土头土脑地生存了下来,有时也接受一点儒家的东西,也吸纳一些释家的营养。哪一届统治者喜爱

132

它,它就兴旺一点;嫌憎它,它就低卑一些,绵绵延延,就这样生存了下来。也还是因为它在某一大群人的生活中,依然是一种需要。老实说,我于道教知之不多,就所知的,用句《水浒传》话说"俺便不信"——说人能白日飞升,能长生不老,能修炼成仙……不可能嘛! 没见过嘛! 做不到嘛! 但是,又有很多神秘的灵异与不可思议的世间相,似乎在证明着此种宗教的灵应与明确。江西的龙虎山似乎也在争张道陵的落局点,这个意思和襄阳人争诸葛亮出生地"在襄阳"那个心理是一样的:说的是学术,想的是"发展旅游业"。

张道陵来青城山是汉顺帝汉安二年,据说是年他已一百零九岁了,这个话仍旧是姑妄言之,我不相信。我今年刚过耳顺,已觉爬青城山颇难,张道陵百岁有余,走了一年路,由中原而来在此结庐,这实在超出了我的想象力。但你看一看这座山,它不但美,而且有"文凭",是博士级的文凭。近两千年的道家传承,在青山隐隐绿水潺潺,碧得如同绿色瀑布一样的草树中翘翅插天,飞檐斗拱的庙墙掩映错落,仙风道骨的道长与我们俗人在林中不期而遇,稽首会心一笑,可以释去你终天劳顿,涤净无尽苦恼。

青城山有没有武道士？我不晓得，但是肯定遇不到余观主——一说少林寺，条件反射就是"拳头硬""能打架"，那不是少林真髓，青城山是道家圣地，给我的条件反射是"神幽"。

山西情缘

我是河南人，山西是故乡

我是山西籍人。有一年在北大百年讲堂和同学们说过一阵子话，有同学当场提问："现在社会舆论，河南人名声不好，先生以为如何？"

其实这个问题很好回答的，是个老问题。唐朝的李世民曾对大臣说："有人跟朕谈起山左、河东人之异同。这话对不对？"说的就是这档子事。本来就说"我是河南人"也没什么；我的心理语言——自言自语或者心里嘀咕什么事的时候的语言都彻底河南化了，绝不会把

"我们"念叨成"俄蒙",也不会把"喝水"想成"哈绥"。吃饭穿衣都是河南人的习惯,比方说冬天山西人下身穿得厚,上身宁肯薄一点,利索一点,这是既保暖又好干活的。河南人顾上不顾下——下身单,上身穿个厚棉袄。这很适合蹲在墙根晒暖,我也这般如此。倘论起勤劳这一条,山西人似乎强了一点。我有证据:山西有大寨,河南没有。河南的庄稼比山西好种,冬天农闲,晒晒暖很自然,也不是什么大毛病。我回答是:"我不是河南人,我是山西人。但是……"我在"但是"后头做了文章:"我在河南半个世纪,吃的是河南的米,喝的是河南的水,我已经河南化了。今日河南人有难,二月河愿与共患。"

但我毕竟是山西人。山西是我祖宗衍息之地,南李家庄喜字院生我的那间房子现在还在的,母亲推磨,用炭在墙壁上练的字不知还在不在,但那个地方,肯定是永远存在的。那满山的荆丛、棘丛、核桃树、柿树,一层一层连绵向远山延伸的梯田,种植着我对老家永久的怀思与牵念,那些淡淡的,已变得有些模糊的亲人,他们温婉柔脆的"山西话"我还能流利地说出来,一点也不比山西人逊色，我吃老陈醋的水平还能让河南老侉目瞪口呆。

我回过几次山西？回忆了一下，第一次是一九五四年，随父母看望爷爷奶奶。那年我九岁，最大的观感与收获：一、老家山多，老家房子窑洞住起来比河南的舒服，炕是热的；二、知道家庭是家族的一个单元，除了父母，还有爷爷奶奶，还有数不清的三服、四服、五服姑姑叔伯姨舅……第二次是一九六〇年，此年我十五岁，和第一次的印象差不多。第三次是一九六六年，彼年我二十一岁，红卫兵串联。我走道赶了个背集，已经下令停止串联用车，我还停留在阳泉，步行到锁簧，经过平定县城，又到南沟、中阳沟，看亲戚，见表兄表妹，走了那一大圈连大寨也没去，就匆匆返回。这一次因为走路，饱览了一路太行风光，我以为太行"就是那样的"——树不多，到处都是黄黄的梯田，围着修得十分结实、弯弯曲曲的石坝，坝沿上没有开垦的小山丘上，长满了丛生的酸枣树。这一次加强了另一个印象："老家没有细粮。吃得不好，住得好。"老家热炕的好印象根植入心，闹得我去年还和妻讲，想在河南的家里弄个大热炕，她说是

"烧煤有污染"等种种问题,才息了这念头。第四次是一九六七年底到一九六九年初,那年我二十三岁,是参军驻扎在山西。这个年纪已过了参军的年纪,是偷减了一岁才得如愿的。因为不参军就得下乡。家人和我齐努力规避了后者——那年头当兵和现今比起,不知酷了几多倍。

第四次在山西时间最长,是从一九六七年底到一九六九年初,两头去掉一年有零,十四个月的吧。先在太原,又在大同挖煤。

如今,又要到山西了。是第五次,时年五十九岁。"过九不讨十",妻和朋友们已在张罗我的六十大寿了。

人,在事业上、功名上有点成就,是不是就特别怀旧? 或者说有另一种不能说是非常好的念头? 民间早就有这种说法:富贵不还乡,犹衣锦而夜游——我虽然没有衣锦,至今喜欢穿对襟的老棉袄,但我毕竟有了另一种资本:呀! 写《康》《雍》《乾》的二月河,是山西人哪! 六十岁了,回去酷一把吧,不然,谁能看见这身老棉袄呢?

然而我不能穿老棉袄,因为:一、我不能在祖宗之地炫耀我这点萤虫之光;二、此时是八月,阴历七月,天气炎热。

纯粹是缘,缘分到,一定会依着它走。

二〇〇四年二月下旬,我到北京开个会,会前与田永清将军约,要到山西,要上五台山。因为这时候,女儿放暑假,妻已退休,田将军也早退休,他的夫人这时也能请出假来。"几度临风动远思"吧。我的妹妹凌玉萍也跃跃欲试,外甥也蠢蠢欲动,都想回一趟老家(女儿毕业是最后一个暑假),想"拜一拜文殊菩萨"。

这至少有两个方便,田永清是个退休将军,许多部队老部下在那里,行动接待方便,我们都能跟着"咸与其便";我能少与媒体接触,可以少受干扰,多享点清福。

我还有个更深的心理——有句话说,"上也五台,下也五台",这仿佛是佛陀安排的谶语,我是走了远道的人了,有个平安着陆、安分休闲的念头;女儿是要登程跋涉的人,她有个"上台"的——起飞、单飞、鹏程远扬的,我想祈祝她飞得又高又远又平安,南无阿弥陀佛!

一个人的优点，大致上可以说是他的特点，但同时也可说是他的缺点。比如说李逵，他的优点是勇猛，特点是敌前无畏；缺点便是与之相关的"不动脑筋"，有勇无谋。我的优点是与人相处不拘小节，不苟求别人，不设防，特点是好相处，不会"遭二月河陷阱"；缺点也就是随随便便，稀里马虎不认真。这毛病倘放在政治家或者是军人身上，会出大问题的。现在当作家嘛，缺点基本无害。

我在山西有几伙子战友。一伙子在太原，以省作协的李再新和高院的刘存旺为代表；忻州定襄是又一起子，王福楼、袁琛们在那里；还有河曲保德一群，都是一九六五年的兵。我是一九六八年入伍，他们都是老兵，我则是"新兵蛋子"。这几伙子战友可以说都曾是我的"领导"，又有点患难之交的朋友情味。这是到山西必须考虑的一件事，怎样见朋友。约是前年吧，胡富国在山西当书记，曾派昔阳县委书记和李家庄的村长，带着小米、莜面和老陈醋，千里迢迢到南阳慰问约请，如今胡富国虽调走了，这份情义是不可以忘掉的。昔阳县委也还在盯着我，他们的耳报神也真了得，不知从哪儿得的消息,打我的手机说:"听说你回来了,能不能回咱们昔阳来?"昔阳更是我的祖宗发祥地,是我吃奶的地方,这万万也是不可开罪的。但是有一条得想,见了这领导,那领导也约,你见不见?万一"连锁上网",我这次回山西来就单纯是"拜"领导之一事了。这也没什么,一事就一事,可我不是一个人,有田大哥夫妇,他的公务员,妹妹母子,还有妻和女儿,八个人,我本来就带着一点田将军的"客"的味儿,这么着又设一层行动算怎么一回事?回李家庄倒是可以考虑的,田大哥也愿意去,但我这次是去京开会拐弯出来的,真的"两肩扛着一张口"回去?总得有点"进见礼"吧,因此左右思量,一不见领导,二不约记者,三不回昔阳;专心致志上五台,下五台,走马观花看山西。

确定了这个方向,我给李再新打电话:"先到忻州,上五台,你和王福楼说一下,见见面,别的战友以后再说。"这样,我就在忻州军分区招待所见了王、袁二位。也就是吃饭、聊天、照相这些事吧,王福楼和袁琛和我当年都在一个政治部,一个电影队长,一个组织干事,是管着我这散漫新兵蛋子的领导,现今都是垂垂望耳顺的

141

中年人(现在时兴的说法,六十还算中年人)了,还有王福楼的老伴,当年如花似玉的亭亭少妇,现在也华发满鬓。大家见面不免是感慨万端,有说不完的"当年"。王福楼在电话中笑告李再新:"这家伙(当然是我)还是那号尿样。"

我觉得这是战友对我的最高评价。

这个"三不"原则贯彻得很好,除了在太原有次采访活动,基本没有和媒体多打交道,少掉很多啰唆——其实啰唆来啰唆去还不就那几本书? 一个人总吹牛也会觉得累,没劲。和地方领导公事接触不多,就少了许多应酬。只有在皇城相府转悠时,被山西省一位领导在车中看到,他关照下面"你们看二月河在这儿有什么困难没有",县领导请我们吃了一顿饭。

我与山西其实是少小远游去难归的游子,情结虽在,人事却如烟。除了上五台,其实我最想去的地方只有两处:一处是大同,是我下煤窑的地方;一处是太原上兰村,是我盖过房子的地方。

但这两处都变了,变得……我不知该怎么说了。

大同,除了那面九龙壁,别的一概不认识。我在大街上走,晃悠着看,有点像个傻瓜。我下煤井的红七矿在七峰山,地名叫胡家湾。军分区司令调阅军事地图,七峰山有,但胡家湾已不知所之。我不再坚持看那地方了,因为大同我都不认识了,胡家湾更不必说。这和我久久不敢到陕县看黄河一个心思,怕见到一条我完全不能接受的"新黄河"——我宁肯让胡家湾那个老样子常驻心中。

上兰村的情形更是叫人怅惘。那时的"团部",现在变成了一个什么学校的产业,蓬蒿野草布满了整个院子,脚下是一片又一片的稀泥烂浆。"司政后"的房子也都还在,只是破旧得像《基度山伯爵》里的"卡刚奈夫人"小屋。我无法想象昔年我们最体面、阔朗的房子,如今显得这般矮小,阴沉沉黑洞洞的,横卧在荒榛草丛、沼泽湿地中。只是门前的白杨钻天般的伟岸,哗哗地欢笑着摇动枝叶,看着有点受了惊似的我们这一群,像是在说"我都看见了"……

田将军们有说有笑,他们当然没有这样的感受,田将军只是惊异:"呀,太行山和吕梁山这么近啊!"

是的,是很近。然而当年中间是隔着一条汾河的。

汾河有多大？汉武帝《秋风辞》里头说"泛楼船兮济汾河"，可以行走双层的御舟。我在这里筑河堤时，水已经没有那么大了，可以蹚过去。星期天我常常过河对岸攀岩、登山上吕梁，这很危险，因为汾河虽然不深，却湍急，冲倒了很难爬起来。那山上还有松鼠、兔子、野鸡……小动物多得很。现在看去，吕梁、太行的植被还是不错，我觉得甚至更丰茂了一点。但这条汾河是不见了，只有满河床的沙石。我根据经验问了问向导："上头有水库？"回说"有"。

清凉丛林

这次游山西，是由北至南渐渐盘旋而行，忻州是第一站。因为要上五台，第一站必是忻州。

王福楼说我，其实他也还是原来"那号尿样"，还是部队时略带漫不经心随意模样。但他很郑重地告诉我："你去，一定要拜一拜五爷庙。很灵的。"我这几年已不能爬山，有点担心上不去。他笑说："不碍，五爷庙你肯定去得了。"

这座山我过去读过一些资料，知道它"神"，有一些很负责任的纪实文字，谈它的秀美，谈它的灵异，谈它的神秘。人类一旦把某一种文化注入一种实体，这种实体本身也就会与文化产生化学反应，实体本身也是文化。佛家本来是不信神的，但人们几乎多数是将佛作神来敬。套一句鲁迅的话说，其实世上并没有什么神，信的人多了，也就有了神。就资料言及，五台山，佛称清凉道称紫府——这地府不单是佛家文殊道场，也应是道家圣地的。但也许是道家坛场多年式微，也许是佛家文化在此昌明光大，总之，在五台我没有见到道士，全是大小和尚沙弥。福楼说："看道观，要上恒山。"

现在我们去五台，汽车沿蜿蜒起伏的山麓公路回旋行进，到五爷庙我才知道，根本就不用爬山。山门外就是路，有专门的停车场。导游在车上就说"烧香是有规矩的，先烧哪一炷，再烧另一炷，次序不要错"。下车看见庙门外攒拥朝拜的人群，通明闪着香火之光的焚炉大鼎，自愿在庙中伺候香火的居士，还有肃然进退的沙弥。我们已经个个穆穆存敬了。

五爷庙不算大，和五台山其他的寺院比起，规制最多是中等。次后,我们又看了几座,也都是庄严宝刹,但论香火还是这里。

事先有联系,我们才见到方丈。这也和我们俗人差不多,名庙方丈,要见见得"走后门",他给我们介绍:还愿的人极多,五爷爱看戏,这戏台子的还愿大戏,要排很长的队才能轮到。这使我想起王福楼的笑话"五爷很灵的"。这恐怕不差,倘无灵验,谁肯还愿? 我相信,这整座的五台都是灵的,一种文化倘无灵,何来天下籍籍之名?

方丈忙忙的,要出去开会,走前给我们施了圣水,我只默默祈祷"全家康平,女儿进步"——那人也太多了,嘈杂得什么也听不见,我将圣水抹到前额,洗了眼睛,才看见别人是喝了。

我这才憧仰佛像圣容。他名声那么大,我自然要多留心观看。但他的坐像,比我想象的要小得多,不似别的尊佛那样伟岸、高大,有点像普通庙里供奉的装金神祇。方丈说,五爷是海龙王的三太子,是文殊菩萨的代身。我咀嚼品味着这两个合一了的概念。想起《金刚经》的话:"须菩提! 于意云何? 佛可以具足色身见不?

不也,世尊! 如来不应以具足色身见。何以故? 如来说:具足色身,即非具足色身,是名具足色身。"这个话是有点"否定之否定"的哲学意味的。聪明正直是谓"神","觉悟而且悟人"是"佛",神佛的合一,也是文化的融会,是信徒人民理念与愿望的通合。

五爷庙我看得比较仔细。田永清夫妇,还有我妻女等人身体好,兴致高,连看了几座庙。我爬不上去,只好看着他们勃勃地串了这里串那里。

他们在不停地看庙,我坐在山门的阴地乘凉等着,一边思量,山西和河南都是文物大省,比起来,我们的白马寺是佛教祖庭,少林寺是禅宗祖庭,中岳庙也是了得的大道观,个体挺棒,不亚于山西,若论"形成气候",绝没有五台这般的"文化人气"。道理是什么呢? 想了想,也许是群体效应,这效应簇拥的是氛围,有了文化就神,就灵透成"势",便颠覆不灭。我们南阳的诸葛亮,湖北人争得占了上风。倘是道家把握,他们行吗?

次后,我们又去了恒山,悬佛寺,佛教文化的峥嵘而起,配以文化人气,带来的是山西独有的文化特色吧。山西的脉络很清楚:到北边,是宗教性的旅游;中部,是民俗和认祖;南边是皇城相府,这些特定的文化遗产。这几条似乎都是吃祖宗饭,但是吃得有滋有味,主客满意。我看太太和女儿不住地逛庙,不厌其烦地往功德箱里塞钱,人们在这上头是不吝惜的。山西人,脑筋行。

山西老抠能聚财

"山西老抠能聚财",这是句老话。"老抠"是小气、吝啬的意思吧?但仔细想去,不大是的了。指望着吝啬,葛朗台那样一毛不拔的守财奴,能抠出平遥票号,还有满布华北江南的山陕会馆?山西曾是全国财雄一时的省份。原因我看有三条:一、其时全国封闭,谨守自然经济法则,山西人则注重商业信息。二、这需要团结,山西人不闹窝里炮。三、最后一条才是"抠"。不是抠别人,而是抠自己,巴家会过日子,能算计,这和小气是两个概念。

巴家这一条,一看就知道了。山西的华堂美舍很多,也有寒窑随舍,你进去看看,穷得只有几口酸菜缸,地下纤尘不染,炕上破被叠得齐整,东西都摆得井井有

148

条,这就是山西人。我曾在大同挖煤,矿区是煤尘的天下,这谁都没办法——现今的大同,也不能避免这一条——但进矿工家,干净得叫人不敢坐,不敢碰东西。山上有黄芩,这在哪里都是中药,用根,叶子是扔掉的,但山西人将它九蒸九晒,日常就用它,我喝过,色香味都好的上佳药茶,一点药味也没有。写雍正皇帝时,想起了它还请"十三爷"尝了尝。记得我母亲给我做饭,拨鱼儿、胡萝卜丁儿、豆腐丁儿,加菠菜,面黏糊糊的用筷子剔筋,然后用筷子蘸香油,她绝不多滴,只一滴,满屋喷香,我只诧异成人之后再没有人能做出她那样的饭。山西人嘲笑人无能:"给他白面,他还要吃成调糊涂(面疙瘩)呢!"但别省人喝这面疙瘩是家常便饭。

这说的还只是微观。我这次走一走山西,从宏观上验证了微观的不我欺,乔家大院、王家大院是一个类型,修得再大,我的感觉还是土。古堡形式。常家大院的主人大约是喝过了点江南墨汁的,出来便是另一种色调。

这整个是山西的色调,你就到我们南李家庄看看凌氏的"喜字院",也是与乔、王大院隐然相通的一般格调。平遥古城、王家大院、乔家大院、皇城相府都看了,加深的是山西人顾家顾邻、巴家敬祖的印象，人在外头做生意、做官，挣钱往家里搬，把老太爷、老太太的事办好，再顾及邻居，这是"山西特色"。

山西还有没有尚未张扬的大院？作为类型性的问题，这就好比门捷列夫周期表，这一类型的元素肯定还会有新的发现的。我很高兴山西人对它们的开发，这固是山西一"绝"，同时也是我们民族的一粹。什么叫粹，就是我们独有，别无分店的特定质点。

这一条，还可从阎锡山的故居去看，他是北洋军阀系中分出，服从中央又服从自己的一个典型，当"中央"的利益与个人利益一致时，那就是一回事的，利益有异，立刻翻脸，打！他和中共似乎也是同一原则。阎老西儿也顾家，他的宅子便能证明这一点，山西人对这主儿感情复杂，他反动，但乡情乡谊至今不衰，他的宅子现在还在为老乡服务挣钱。我在看他的宅子时，想的是一个人不管他信什么形态，有一善之因，必有一善之果——这是佛理，也还是意识形态。

山西人自诩"地面文物占全国的百分之七十"。若是这些大院都计在内，我看是差不多的。在平遥，我们问及导游小姐："这座城什么原因保存这么完好?"她的回答颇令人意外："还不是因为穷。没钱拆迁造新房，旧的又没塌，就保留了下来。"

这真的是实话，哪个地方没有文物呢? 政府都是极力保护的。因为"工作需要"、"城市建设需要"，都忍痛割爱了。今天割一块，明天割一窝，"爱"也就没了。山西人当日巨富，造了大量的爱巴物儿。后来又骤贫，虽然也"需要"，但没有割爱的"刀"，就留下来了。待到再富起来，有了更高的文明识见，发觉别地儿那些"需要"都是扯淡，爱巴物儿也就真成了宝贝。

这就好比原本是松脂，极不起眼的东西，大潮过来得急，一下子淹进沙里，成了琥珀，有的里头还裹了蜘蛛、苍蝇、蚊子之类的小虫，潮再次退出，露出来了，越是里头有东西(哪怕是个蚂蚁)越值钱，就没有东西，它也是琥珀——这众多的"大院"，名人故居、遗址，不都是这回事吗?

山西人在北边穿起佛珠，是大串的玛瑙，中间是一大堆琥珀。和他们讲罗丹的"艺术"观也许是深了一点。但他们懂得玛瑙琥珀比现代垃圾值钱，比我们有的地方强去了。

吃呀！来山西，吃呀！

我虽说是山西产，但满打满算在山西不过五年。其实还有三年昏迷：因为三岁之内的事已经忘掉了。剩下一年零头一点，多是当兵，当兵什么都好，只有一条，得守规矩，不能乱跑。在太原只吃过一顿饭——那还是"文革"辰光——记不清什么饭店了，不是"革命"便是"向阳"，再不然就是"工农"的吧。办法如次：先鱼贯进门，迎门便是主席像，藏人献哈达那样单腿前伸双手一摊："祝毛主席万寿无疆！"接着入桌，服务员来带领全桌同诵语录："下定决心，不怕牺牲，排除万难，去争取胜利！"然后开吃，只一味，水饺。

然而山西饭绝不只是水饺。就面食而言，能把粗粮和细粮做出神韵来，做得生动、鲜活、有生命力，能把面做得有挑逗性的，恐怕天下无出山西之右。

只有不精干、被人嘲笑的窝囊山西人，才会做调糊涂吃。山西旧时不种小麦，吃白面自然就少，有俗语说，

"三十里白面二十里糕,十里地荞麦面走折腰",意思是吃白面可走三十里,同样分量的糕只能走二十里,荞麦面就更差劲了。现今山西白面多多,糕自是另有风情。荞麦面呢? 洪教授教我们长命百岁,说荞麦面于糖尿病人有益。它身价也一下子抖了起来。

先说刀削面。刀工好的面案师傅,一个人可同时供十数人就餐。只见师傅把和好的面挽在臂弯,用刀一片一片旋,那削好的面着了魔似的倏地飞起,削片入水般跳向沸锅之中。更有花样大师,剃光头,裹上干净白布,把和好的面盘在头顶,双手飞刀削面,这效率明显是高了一倍。高手削面,每一片大小厚薄匀称,都是一尺来长,薄如蝉翼,半透明。打上牛肉卤,趁热浇点老陈醋、油泼辣椒,热、鲜、香扑面而来,没有入口,已是齿颊生津。

拉面和刀削面是归成一类的,只是多用羊肉卤。中央电视台春节表演过,是当杂技玩儿的,拉得比头发丝还细。他这一表演,全国的面都拼命往细里拉,不惜破坏口感加什么添加剂。但实际上拉面是不能太细的。太细就没"魂"了,就失去了面的灵气,到嘴里不用牙用舌头就"磨"成了面糊,有什么意思呢?你玩玩儿"面把戏"可以,你把游戏当了真就傻气了。这次在山西吃了几次拉面,大致还是老样子,像"拉条子"般比筷子稍弱些许,且没有兑什么异样的玩意儿。地道。

饸饹(我很疑心它的本名是"河洛"),抿疙豆,糕,莜面卷。用榆皮面兑细玉米面,用大麦面兑豆面,可以压出口感很好的饸饹。用纯玉茭(米)面可以搓捻出蝌蚪一样的抿疙豆,就凉拌起来也非常爽口的。炸糕、蒸糕的味道口感,山西均称第一。山西人用卤汤,也常用素的,山药蛋、胡萝卜丁、豆腐丁加几根青翠欲滴的菠菜,浇到饭就出味。这几样东西不用盐,加上点糖和粉丝做成甜汤,浇在水饺上,热腾腾的,点上少许的白酒或黄酒,就是"头脑饺子"——山西饺不用醋的,唯此一种吧。这种东西像啤酒,第一口觉得它咸不咸、甜不甜的有点"乱",不好,吃上两餐知道好处了——我不说它健胃养肠、补脑助眠的效用——那味道有时中夜想起:明天非吃它不可!就是小米汤吧,加上玉茭面做成调糊涂,山西人叫"散面作",稠糊糊、热乎乎,加上点老咸菜或酸菜炝红椒,你尝尝看。

值得一提的还有和子饭。前头那些饭我都吃过,这次在车上,田永清一再提起,我竟不知道是何许饭。到大同点名要了,才晓得是做得很认真的杂烩"糊涂",小米汤勾面、豆腐、粉条、萝卜、肉丝——有点腊八粥的意思。吃了之后,弄得走到哪里都想点它上桌。

老实说,这么着说吃饭,真是馋得有点下作。不瞒诸君,我小时吃山西拉面吃得急性胃下垂,昏迷住院多日,抢救得活仍旧好吃无悔。如今已望六旬,套一句屈原《离骚》的话:"余幼好此山西饭兮,年既老而不衰。"这回游山西回来,打电话感谢李再新,感谢完之后又说:"如果不贵,好弄,能不能买一套做抿疙豆、做饸饹的家什来。"就我现在的认识水平,所有这些山西饭,出味,特立独行,功劳有醋的一半,江苏镇江醋也不错,河南的界中醋亦很好,但论到吃醋,山西人世界第一,这是"山西特色",这谁也比不了。别人是调味,山西人是要"哈(喝)醋"的。

我的这些话,可以对河南人说,也可以对陕西、河北、山东、安徽人说,跟上海人、广东人不能说,他就是拼命用菜来配他的米。米到头还是米,面文化与米文化道不同而不相与谋,就是夏虫,没法跟他"语冰"。

这几年患糖尿病,谈糖色变,连面也不能饕餮了。但山西饭不但好吃,看一看也很解馋。

芦芽山一瞥

一到山西便有人介绍,山西有个忻州,忻州有个"万年冰洞",洞中冰层万年不化。

这自然很新奇的。冰川,我在新疆的白石山、天山,河南的伏牛山都见过,裸露在地面上的冰块,是冬天造出来,或是冰块太大,或是天儿没热够,它没化完。万年不化的冰在金庸的《神雕侠侣》中见过,似乎是在深渊涧底,万年不化的"玄冰"治好了小龙女的绝症。凡绝的东西,必有绝姿绝态和它特殊的语言。我们一行人都动了"去看"的念头。

带路的向导一路都在热情地介绍这个地方,但我的感觉是它离城太远了,汽车在芦芽山的山下,沿着大川反复曲折地盘旋着行进,总说"不远了",但总是还不到。这么热的天,就为知道还有"一个冰冷世界",费这么大的事,我觉得有点不合算:这不过是冰川纪的一块也许永远化不完的遗冰,造山运动时把它造进去了而已——我家冰柜里也很冷,不稀罕。

"最奇特的是离这里数百米,还有一座火山,有丰富的地热资源……冰与火同处一山,这是世界奇观……"

向导仍在说它的神奇,我偷偷看表:今天中午至少两点钟之前吃不上饭了。几点钟能到呢?这么着,一心以为鸿鹄之将至,渐渐地,我被车窗外的景致吸引,我专注起来,憬悟了自己的麻木不仁,心躯整个都被震撼了。

我这人有个癖怪的毛病,即使是堵断墙颓垣,有时也能很专注地看它很长时间:那上边雨水浸润的印痕,粉刷颜色的深浅浓淡不一,斑驳陆离的灰皮旧砖,就像天上的云,如地图,如人物,如峻岭、森林、瀑布、山溪、河流、海波……你设想出一种,它便是一幅画儿,有时是勃勃的神气,有时也会是幽幽的鬼气。

此刻正是盛夏。芦芽山的风光当然是很美的,不知怎的,我有时会联想到天山的空寂与旷寥。但这样的景致还不至于令我入神。入山路左侧连绵不绝的断崖,愈来愈突显它的魅力,我的目光不能离开它了。

山体是黄土山,但它不是土,就这般颜色,搭配的是赭、褐的杂色雨淋沟,估计是干的苔藓织结而成一排排、一队队的人体形石柱,摩崖石刻似的附在山峰上,有的地方还有凹陷下去的天然石龛。整个山体层面,犹似三千阿诸罗听如来说法,大大小小层层叠叠,高低错落的金刚、韦驮、比丘、比丘尼、优婆塞、优婆夷、世间天、人、阿修罗同处一旷大无比的道坊之上,你目不暇接,思议不及时回神再看,它是常态的山峰静静地矗在那里,不知已经几何劫数亿年,自然的天工。但再走便不是天工了,有明显的栈道旧痕,嵌在这样的山体,却是若断若续,时有时无地接续着,有几十公里!这些栈道上下,也有一些大小不同的龛,我在车上迅速地想:"这有点人工的样子了,做什么用的呢?"但车子是毫不犹豫地开往冰洞了,在那里盘了一个大旋儿,哼哼地加油爬坡,那边的景致看不见了。

冰洞开发得很好。一级一级的石阶,先下入一个天坑里,自然形成约可二分地许的地下平台,在平台的冰洞口,便能看到润寒的冰层附在岩洞的石壁门口。《吕

氏春秋·察今》有云，"尝一脔肉而知一镬之味一鼎之
调"，我已经看到冰了，深入洞底，也不过看到冰多些、
大些、花样翻新些就是了——这个平台口，上边是焦热
的盛暑，下头是奇寒彻骨的冰洞。我穿得单薄，觉得没
必要下去专门受冻，便坐在一块条石上对田永清将军
说："大哥你们下去，我在这儿等着，这比空调房间要舒
服十倍。"于是，我在洞前惬意地看天坑口，看云和树，
看碧绿的苔藓和不知名的藤。并没有多长时间，妻女和
众人哆嗦着上来了。

我心里其实还在惦记那石崖、石壁和古栈道，我在
寻思它的用途。这个事，回南阳后电话问王福楼，他说
是用来走道的——这话多余，他又说不是军事用途。这
句话补上，前句话就有点道理：平常人走道的。但山下
蜿蜒平平延伸的大川，不好走道吗？偏要在上不沾天、
下不沾地的石壁上费工夫修道？带着这个疑问，返程的
路上，大家提出要看悬棺，我也欣然："我们在这里留一
留。"

悬棺没有什么稀罕，这不过是古人丧葬的一个品种
罢了，如同少数民族一样是"少数品种"，大街上如果突

然走来一位盛装的苗族姑娘,自然是满街的回头率。我的身体也不允许我爬这座山,就坐这里看吧。

我还是看出了点名堂。我以为我在车上的感觉,也许和这石崖、栈道与悬棺都是一个体系的文化关联。这座山太像是三千诸罗八部天龙听世尊说法的坛场了,古人也许早就注意到这一点了,这样的福地,自然是安息灵魂的最佳之地,于是便用悬棺来附崖而葬。栈道有几处明显的大起大伏是为什么?是为了选它的窆葬地吧?我以为这个栈道确实不是军事用途,而是古人认为走向极乐世界的通道。我的这些话不是学术考证的,全是遐想来的"大胆假设",但我心里还是为这"合理假设"蛮得意的。他们一行上去,约一小时后下来了,个个热得满头大汗,我说:"我没上去,收获不见得比你们小,你们看,那块石崖窆:三尊大佛端端正正,是这山的'大雄宝殿',那几尊摩崖有跪有坐,像不像迦叶摩顶?"众人细看,都拍手叫绝。

这个话题以后还会有人顺着逆着提起的。人坐在这山下,你就只管寻找,恐怕所有的佛教故事都能在这里连环找到。

芦芽山哪,我肯定还要来看你。

陈廷敬的遗泽

晋城,是我们山西之游的最后一站。到这里来,为的是看皇城相府——康熙的大臣陈廷敬的乡居故第。陈廷敬这人,我写《康熙大帝》一书时没有收入。原因极简单,我在读清史时手头还没有《清史稿》这部书,是借来匆匆一阅,再匆匆奉还,竟没有读到陈廷敬的传。

或者是另一种情形,是匆匆浏览,只记重点人物,把陈给脱漏了。相府的后人至今为我没有写陈老先生而遗憾。我自己原是不遗憾的,看了相府,觉得挺遗憾的。仔细思量后,又觉得不算很遗憾,是"有点遗憾"。

康熙皇帝八岁登基,十五岁庙谟运独智擒鳌拜,亲握帝权,十九岁决议撤藩,二十三岁三藩之乱狼烟未熄之时,又开博学鸿儒科,一网打尽天下英雄,一生收台湾、定新疆、三次亲征准噶尔、六次南巡,拜孔子、祭明孝陵,收拢汉家人心……他的一生真的是波澜壮阔,他自个儿的素质,真的是了得。他的天才是不用说的,但满族人的天才若不与中原文化相结合,相融汇,起"文化汇合"反应,无论如何成不了大气候。看了皇城相府,我忽有所感。康熙的文化营养,有重要一部分是来自陈廷敬这些汉家硕儒,通明孔孟大道的老师,这就好比吃菜,陈廷敬献给他的是"家常菜"。谁能说家常菜不重要呢?然而写小说,要给读者上色香味突出的,于是便是熊赐履、明珠、高士奇、索额图、陈潢这些有惊世骇俗之举的人物,但"家常菜"上得太少,也确实是我写作初期创作理念的失误。

从山西回来,又到了一次江南。那里的人常扳着指头跟我算:我这里出了多少状元、榜眼、探花,若干进士,几何举人。我笑着回应夸奖"林林总总,青竹满山"。

这是很实在的话,那些进士呀、状元呀像竹子茂密,但不是栋梁。江南海岸是一片茂竹,北方竹子少,用一句孙荪的评说:冒出来的,稀不棱的就是参天大树。我初到南阳,便听人们说"李疙瘩"怎样如何,后来读了许多书,才晓得是唐肃宗、代宗时的名相李泌。"李疙瘩"是"李阁老"转音,谁知此壶中奥妙?山西的傅山(青主)、陈廷敬不能算"竹",是太行山钟灵独秀、根通三泉

162

叶于青云的松柏,只不过傅山这木始终在山里,陈廷敬这木用进了庙堂而已。

我很惊讶相府的规制。就我自己一贯的语言,"古建筑,看了故宫不用再看别的了",这次看了山西的,知道这话是错了,应该修订为"看了故宫,还要再看山西的,要看平遥,看皇城相府"。

张老总给我们带路——他是这里的书记——相府旅游只是他事业的一部分,看了内外宅,又看陈家墓园。我心中思量的是:这在当时,是否有点逾制了? 陈廷敬是大学士,严格意义上说,清不设宰相,大学士就是宰相了,这没错,但若在北京城,相府搞成这样那不得了,肯定是要出政治问题的。即使有康熙赐书,恐怕王府也不能这样"大胆建设"。然而通体看过,陈廷敬又不是个爱张扬的人,很小心的,有很道学的硕儒格调。康熙最破格提拔的是高士奇,"一日七迁",坐直升机也没有这么快,是异峰突起,山珍海味。陈廷敬是老老实实上去的,是家常菜。"家常菜"能做成这样? 我听他介绍,心里一直在盘算这件事。

当我听到"陈廷敬孝敬母亲"这事,好像一下子豁然了:两条。陈廷敬是山西人,顾家。俗话说"富贵还乡",他应有这个心理,京城搞不成这样的相府,可以在山西办。"母从子贵",子孝尊亲,都是体面事、光荣事,在皇帝跟前也说得嘴响的。再看相府对面半山,也还有一座古堡式的大庄园,亦是气势峥嵘,年代似乎和相府差不多。我又想,陈家的人会不会想:"你一个土财主敢搞,我怎么也得比你强些!"——是不是这样的?我反正是猜,游相府时就这样想的。所有有御赐之宝的建筑,都极尽张大之事,这样炫耀"乡里独此一家,别无分店",就是再宏伟,也不存在"逾制"的事,地方官就无从挑剔。陈家人够聪明。

我们随即又看了这里的工业,张支书的村里还办了五个煤矿,靠旅游、靠煤,这里富得流油。老百姓全都是别墅式的楼,是家居,同时又是小旅社,我问了问,天天客满。司机小陈是陈廷敬的二十三代孙,他悄悄告诉我说:"我们摊了个好书记。想事情先想大家才想自己,群众都搬了新楼,他还住老楼里。"这事一下子便明了了,山西是资源大省,似乎全省都在隔着一层地皮的煤山上,旅游资源的优势在全国也屈指可数。看去还是贫富差别不小,我看原因只在"摊了个好书记","聪明正直是谓神",这一方"摊了好书记",就是"神"了。河南有个南街村,还有个丰乐园,这犹如五台山的香火,山不在高,有神则灵,人气就高,财气是不必问的。

返回郑州时天气不好,但盛暑的"天气不好"正是"天气好"。微雨里汽车在太行山的盘山道上蜿蜒而行,云盘雾笼的峰端蒙着神秘的面纱,山谷和深涧唯其在雨雾之中,看去更有一种幽深和朦胧的美。进山西半个月了,看得饱,但还没有消化,她的美犹如母亲那样,融融的,容光焕发的温馨。我是山西的儿子,又要回到河南了。该向老乡们说点什么呢?道声祝福?这太平了;说声再见,是废话;赞美几句?大同、云冈的石窟真好,超过龙门石窟,五台山是佛宗最神秘的圣地,太行与吕梁的青山不老,汾河源头的水品质超过任何矿泉水……这都对,但这些话别人都说过了。我想说几句心里话,山西人有着天下最管用的脑筋,多想想办法,把煤的开发搞得充分些。日本人从山西抢走的煤,至今还沉在海底没舍得烧。他们没有资源,把煤的各种化学利用都搞了,剩余的"煤"已是白色,装在塑料袋里,还能再

165

用作烧饭。现在煤好卖，家里人能不能省着点卖，在煤的化工使用上多投点资？二是旅游的硬件重视了，"软件"——游区人的素质、卫生诸方面能否多多提高？要知道山西人聪明，不仅是会替自己打算，也会精心替别人打算，老山西人的精明，新山西人还需努力学习……这么想着，车已驰出太行。两个小时，山西已在记忆中，这就是现在普通又普通的人类。

满井村一过

倘问一声"文革"前的老中学生:"读过蒲松龄的小说吗?"他会盯视你良久,因为他猜不透你的意思,是试探他还是嘲弄他的无知。但若是二三十岁的青年,那就不大在意你的这一问,很自然地回答你"没有"或者"读过"——自然,也很有一些人是看过《聊斋志异》的电视剧,"鬼故事! 哎呀,怕人!""嘻,挺逗的!"……大致是这些反应吧。我不怀疑现在的很多人了解蒲氏和读过《聊斋志异》,但我能断言,真正能与蒲老先生"神交",真正读得进原作的人很少的,且是越来越少的了。那是文言文,而且是繁体字版,中学生读起来有些困难了。

终于有机会到一趟山东,到一趟淄川,到一趟满井村,来寻觅蒲老先生的遗踪。其实,这个庄子离着城里只有咫尺之遥,走高速路也是瞬间可至。

阳光很灿烂,一片深沉的庄子压在大地上,错落稀疏的村道夹在低矮的民居中。庄子是旧的,房子、街衢道路、村头的护墙都是旧的。蒲松龄的宅子被紧紧夹挤在邻居的旧房中,如不看招牌,你就会擦肩而过,不可能看出什么特色来。不知怎的,我的心中飘过一丝怅惘:和我心目中想象的蒲氏旧居接不上卯去。我原以为这里应该是比较疏旷一些的,有桑、榆、槐、杨这类树包裹着蒲家小院,有些"葱茏之气",郁郁苍苍植在村中,蒲松龄才能在拮据的生涯中创作出灵动的鬼魅妖狐,人世间的苍狗白云幻化。我年轻时读《蒲松龄年谱》,里头说:"庄东有井,深丈许,水满而溢,穿甃石,水滮滮出其间,此为柳泉,庄民又名之为'满井'也。其庄由此而得名。泉傍绿杨垂柳百余章,环合笼盖,荫翳蔽天,泉涓涓自流……"这大概就是我这阵子怅惘的"历史依据"?现在,井没有,树没有,水也没有,更遑论小溪?我思忖:蒲先生有个号,就叫"柳泉居士"啊!

进山东便听到极自豪的一句话:"我们是一山一水

一圣人。"山是泰山,那是极了得的;圣人也是独造文化顶峰的孔子;水呢,是黄河,也是一条文化顶峰的河。这都没得说。只是他们不提蒲松龄,使我有点诧异。在济南等地,我看到两处李清照的故居,都是豪华园林式样,也弄不清楚李清照生前是否这样阔。以蒲松龄在文学史上的地位,我确实有点为他不平。同样是山东精英,相待礼遇是差了些吧。

蒲松龄是怎样的地位?踏进蒲宅,一眼便能看见郭沫若对他的评析,说他如何地刺贪刺虐,怎样地写鬼写妖。这是我们民族穿行于人间与渺冥"无间世",恣意汪洋刻画人生世相最杰出的大师!我没有能到新城,不晓得王渔洋的故宅有恙无恙,王渔洋也是大师级的学者、诗人,做官也很漂亮,当到康熙朝刑部尚书。他是怎样看《聊斋志异》的?可以说蒲松龄写一篇,他就看一篇,而且加批加注。蒲松龄的书还没有雕版印出,手抄本已经风行天下了。有人问我对蒲松龄的看法,我说,你看《聊斋志异》的白话翻译,永远也无法接近蒲松龄;其思想性仅逊于《红楼梦》,其语言艺术也仅逊于《红楼梦》。

蒲松龄生前是个"钝秀才",名场穷困,其是至死不能伸一腔孤愤,泄之于妖、魅、魍、魉,旋于神人刻画。如果说《西游记》是"积极的浪漫主义",《红楼梦》是"积极的现实主义",那么介于中间的《聊斋志异》,就是这种文学过渡的重要联系链纽。这样一位大手笔,生前自叹门庭凄寂,"萧条似钵","随风荡堕,竟成藩溷之花",身后又复索寞,不为繁华人事所重,真叫他自己不幸言中:"知我者,其在青林黑塞间乎!"

我知道一点蒲松龄的事,他耕读,他教书,他给人当幕僚,下至山野僻壤引车卖浆者流,上到巡抚府道高官显贵也颇有过从。泪眼望龙门,一尺深的水,他偏就过不去。走一走他生前足迹踏过的地方,也许就会懂得什么叫"科举",什么叫命运摇迁,也许还能悟出什么样的环境造就作家。满井这地方可以告诉我们很多事情的。

出村口,天已过晌,什么物件也没有买,见一小树,是酸枣,红红的果实躺在小贩的筐子里,似一筐殷红的豆子。小贩无望地在那里张望过客,我让女儿买了两袋,很好看,有点酸。

辑四

银杏情结

银杏很有名,但不是一种很常见的树种。在中原,遑说城市,就是你"下乡",进到最基层的自然村,槐、柳、榆、桑、椿、杨这些杂树多了去,树影婆娑掩映,树枝婀娜摇曳,但很少见到银杏这种树。偶尔有那么一株,必是古树,老得"不知年月"了,但是仍在结白果。这样的树,其实人们已经不再按照寻常意义上的植物来看,常常地,不知不觉间在传递它的种种灵异感应,近乎把它当神敬了。一株老银杏往往便是方圆数十里内的"坐标"性物件。

银杏果是很好吃的,无论你炒菜,熬粥,烧烤,它的形态不变,拇指大小,黄玉一样光滑圆润。它好看,也好吃,并且香,你坐在客厅里与朋友说话,厨房锅里熬着粥,也就那么几粒,从门缝里透出来那个香啊……主人和客人都会忍不住咽口水。如果是鲜果,放在微波炉里或在铁锅上煸烧,它的香味不但弥漫你的居室,甚至还要透出院外传到邻居家——这是掩不住的香,"浓烈"的清香,且一点人间俗气也无,缥缈着侵袭你,引逗你的食欲。

也许因为它的"不俗",身上带着这么多的神性,寺院里多有银杏树。去年我到几座古刹随喜,几乎每个寺院都有一株老银杏。无论是和尚还是导游,都要把它单列出来介绍:"这株银杏树,树龄已经两千多年了,树冠这块地方有一亩方圆,现在还是每年挂果……"挂的果哪里去了?没见寺院有售,我看是和尚们吃了。佛经的教义我还是知道一点的,远离尘俗,远离奢侈,远离享受。我敢肯定,和尚们能吃到这一味果,那是超凡脱俗的高级享受。中国的寺院,"院龄"最长的是白马寺吧。白马寺建寺也不到两千年,那就是说寺院是挑选"有白果树"的地方建寺开光? 抑或是建寺之后和尚们移植的成树? 没有哪家寺院有碑碣、有考证能说明这一点的,我也真的思量不得。

　　银杏树树冠枝繁叶茂,华贵而雍容,树干挺拔伟岸,很有些贵族风度,挺立在幽静的禅房大殿前,像一位虔诚的信徒在静聆世尊说法,又像一位年高的尊者在关照进院礼佛的善男信女。它的与众不同,它的从容不迫,它追求永恒的时间与空间的执着……也许就是这些气质招得许多大德高僧的青睐,将其移进庄严佛土,沐浴晨钟暮鼓、磬鱼法音的吧。这树是凭它的风韵夺取它的文化地位的。《金刚经》有云:"须菩提白佛言:'世尊!如我解佛所说义,不应以三十二相观如来。'尔时,世尊而说偈言:'若以色见我,以音声求我,是人行邪道,不能见如来。'"——银杏树是可以"见如来"的。

　　平原乡间冷不丁地你会听到"××地儿有棵大银杏树",也许是条件反射的效应,我常常会联想:"那里是不是曾有过一座寺院,荒芜废弃了?"打听一下,我的这个念头竟常常"符合事实"。这树在深山老林中也有,"野银杏"挂的果与市卖的家果一般无二,和寺院的果也无二致,但很少听说有人在自家庭院里栽种它的。

　　但我在山东做客,到一位老人家中,他家院里全部是银杏树,别的树没有。他叫李晔,原先的官不小,现在已经退休了。李晔的祖籍在南阳,前十几年他回乡探亲,因为读过我的小说,而且挺喜爱,约见了我,遂成忘年之交。自那以后,我们又见了两三次面,每次见面的谈话主题便是银杏,从银杏的果,说到它的材质,说到它的药用价值,李晔的话集起来可以写一部书。有一年他知我有糖尿病,专门请人采了一捆银杏枝条捎到南阳来,嘱咐我"熬水喝,可以抑制血糖",可惜我忙着赶稿子,忙了那头跟不上这头,喝了几次觉得很苦,而且费事,也就把这事给"荒"掉了。但从那时起,我便称他"银杏老人"。他是个朴实得掉渣的高级干部。已经是上世纪九十年代了,他来南阳还是一身旧军装,往他脚下看,赤脚草鞋!他的朴实无华,确实有点"公孙树"(银杏)的意味。银杏也着实要有这样一个人来爱它。第一次见面,李晔就告诉我,他的愿望是鼓动在全国植银杏十亿株。为了还这个愿,只要有人请他出席大会小会报告会,李晔言必称银杏,经济价值、文化价值、药用价值……一大堆的价值观,集中起来就是他的银杏情结。

今年春节前他约我去了一趟山东。他已经"跑不动"了，全程都是他的秘书李阳陪同，到黄河岸边看了他们种植的银杏林带。壮观哪！银杏林带宽处有二百余米，窄的地方也有一百多米，有的地方不足两米栽种一株，全部一个规格，挺立在黄河岸边，每株都有大茶碗口粗，绵绵不绝向远处延伸三十里地。李阳告诉我，单株的价值已经超过二百元，这是财富！当初关于这块地"栽什么树"争论很大，一位领导同志找李晔，本来想动员他同意栽种沙棘、白杨树的，被他当场"策反"，成了坚定的"银杏派"，在台上和人家夺话筒，向全场听众陈说银杏树的好处。李晔期望的十亿株银杏数目，早已在全国大大突破了。我告诉李晔："我和你一样喜爱银杏树，好看，好用，值钱，文化价值也很高。"我在自家院里也栽了一棵，原来是一个盆景，被花工拧成了 S 形，移栽到地上，它就"正常了"，下头树干还是 S 形，两年蹿起来，挺拔得像白杨树，鹅掌一样的叶子长出来碧绿漆青，翠色欲流。这树不宜盆栽，它大气，盆子里养太委屈了。

一九九九年我书《乾隆皇帝》最后几章，突然中风，吃的药金纳多是从银杏叶中提炼出来的；打的点滴，也是银杏炼的;还有一种医生临床急用解决栓塞的药,再一问,还是以银杏为主要成分。德国这方面技术高,他们来买我们的银杏叶,制好了药,再全世界地卖,也卖给我们。隐隐地,我觉得吃亏不小。

在白垩纪晚期,地球上可能发生过一次可怕的灾难——很可能是遭了外星体的剧烈撞击,总之是上帝生了气,把地球翻腾着"犁了一遍"。世界各地的银杏树大都遭了难,只是在中国,它们或居大泽荒烟的山间,或进了寺庙,反正成了"隐士"。现在隐士出来了,如同榆、杨、桑、槐一样走进了大千世界的和谐园林中,和我们平常人愈来愈亲近,这无论如何都是让人高兴的一件事。

读书的旧事

我的家境一直不错,不是贫寒门第。但买书却是受限制的,倘是要买辅导教材,要买老师指定的图书,和课业有关的,我可以理直气壮地向爸妈伸手:"老师要我们……给钱吧!"他们从没有别扭过。可是要买小人书、杂书,又好像从没有"不别扭过"。父亲还好,有时会给点,说:"先把功课学好……"母亲则用眼盯着我:"先不看那些书,你看你那功课,丢人!"

但我自幼爱看"那些书",《哎呀疼医生》呀,《果园小姐妹》啦,《宝葫芦的故事》,种种,还有高一点层次的《聊斋志异》《红楼梦》这些书则是初中之后读的。

到哪里去读? 去新华书店"蹭读"。

过去的书都是开架卖的，没有什么封闭，一架一架的新图书摆在砖地上，买书的人在架中穿行选书。你站在书架边，读书吧，可以从开店门读到打烊！当然，你不能把书弄破了或者弄脏了。你看书，工作人员是不会骚扰干涉你的。我读"三言二拍"，读《西游记》中下卷，读《水浒传》《聊斋志异》，都是在这里站着读下来的。

我本也是去图书馆借书来读的，这当然方便。学校里一般都有个小图书馆，但书少，还要看管理员的脸色，渐渐就不去了。有一次，我到外头图书馆借阅王士禛的《池北偶谈》——那是线装珍版，当时书店无售，管理员呵斥我说："你凭什么借这套书?! 这是珍版!"从此，我一步没有再踏进图书馆。我成名后，他们需要一张我"在图书馆看资料"的照片。我还是去照了。这里毕竟还是给过我一些东西，不能记人小过而忘人大情。然而话说回来，自从那次受斥，我再也没有进过任何图书馆。

但就我的感觉，新华书店的人更开明一点，而且这里的书并不少。我在这里买过五辑《清史资料》，许多故宫"中国第一档案"的集本，大量的清人笔记、笔记小说……我大致是买书不借书。我的藏书有一些是从废品站买来的,其中一些是很珍贵的孤本,多数则来自书店。

　　新华书店成立七十周年了,即以此文纪念我心中神圣的精神殿堂。

戏笔字画缘

几年前？是四年前吧，我为香港《明报月刊》写过一篇文章，题目叫《字缘》，其实是说自己"有文无字"，是与书法无缘的"缘"。时年我近耳顺，别说这把子年纪，"人过四十不学艺"——就算再退回二十年去，练书法也还是觉得晚了点。

我始终认为：不管你是什么领域，都允许大狗叫，也应当允许小狗叫。思想家、学问家、编类书的、统治名城大郡的要人，乃至清道夫、收废品的、街头斗鸡走狗的闲汉、"问题青年"，甚至妓女……他有这个兴趣，而这个兴趣又是正当的，他有话要说，只要不伤无辜的人事，高端精英无权为此羞辱或蔑视平常人的这点权利。

"哼,他居然还作诗!"诗人对乞丐写诗如是说。

"嘻,这写的什么呀?敢把文章寄到我这里!"大刊编辑将小作者的稿子扔进字纸篓时如是说。

"这个老农民,你晓得他看什么书?莎士比亚!"高中语文老师如是说。

……如是说。

这就犯了大狗自己叫,不许小狗叫的毛病。

但我毕竟开始写字,开始绘画了,并且时常写一点诗。

我承认,这些事我都算是"小狗"。

我的字,过去差劲,现在平常,将来也好不到哪里去。小时候,母亲查看我的作业,常常厉声斥责:"你这是字?你在写字?你看看你爸写的字,他只上过高小;你也看看我的字,我一天学也没上过!你丢人!"老师在我的作业上批:"你的字乱柴一堆!"同学们说:"解放的字是狗枝杈……"总而言之,为我的字写得不好,我大致是五十年未曾透过一口气。

也是几年前,是五年前吧。一个偶然机会,我到华国锋老人家里去了一下。他当年显赫是中国第一人,时我还是个连级小军官,和几个青年战友底下窃窃私议:华主席的字不算太好……而今呢?你再看看他的字,实话实说,虽一流书家不能过之!——过后就想,我是不是也试试?

华老的字是真的练得好极了。我是沾了"二月河"名字的光亮。

我写字的目的有两个,一是怕死,想多活些年头,再就是想附庸风雅。写字能长寿几乎是个不争的事实。前些年有专家研究,认为长寿原因是书写毛笔字时长处站立状态,而且是气功状态,因而导致长命。我对此可用《水浒传》里一句话说"俺便不信"。因为专门练气功的大师短命的尽有。我疑心墨汁里含有于长生有益之物,当然到现在也就是"疑"而已。

就这样"书法"起来,居然有人索要,居然也多所受奖掖。在人们啧啧惊叹中书写,虽然明知"啧啧"中水分很多,明知是假,心中仍是忒熨帖得意,蛮舒服。当然,也时而能听见"附庸"之类的词儿,但打击不了我的兴味,附庸风雅总比附庸市侩好一点吧?

写字就要用毛笔,就要涮笔缸。涮出来的自然是黑水,这水也不中用再写字,我又舍不得倒掉。有次用黑水在废白纸上信笔大涂一阵,定睛一瞅:这不是个荷叶吗?

于是画画儿的事业开始了。我找了一张光碟,看了看画家教画,试着比画,发现不行。画牡丹像个烧饼,画兰草又似烂韭菜……慢慢试着来,才晓得难在调色、浓淡、笔尖笔根燥湿润涩的操作运用——电视老师不讲这些,他只是讲作画技法,技法虽不能真学到,但一看就明白。色碟子里头是真功夫,你看不到。我有个颇为阴暗的想法:那是人家的饭碗嘛……后来与家人去洛阳龙门,那里许多现场作画的,看了几分钟,学了点东西。前年到深圳和金庸晤见,深圳当时正为贫困人家筹资拍卖,我临行前他们要求"当点东西",我当了一张单色牡丹,竟拍到了四万五千元!

这样,字和画也都"抖"了点。

但我忠诚地告诉我的读者,我是个地地道道的小说家,也不是书法家,也不是画家,也不是诗人。也永远不做书法家之想、画家之想、诗人之想。写小说,我算条不小的狗,很愿意和小狗一齐吠鸣。剩余的爱好我都是条小狗。

然而有人评论，说"二月河到处写字"，"二月河的画是瞎涂"，"凌老师你别写诗了"，诸如此类。这当然都是大狗们的话。我的字、我的画都能卖钱，且是数目不菲，如果我愿意的话，诗也能卖钱。但字、画卖的钱到哪里去了？没有给妻子添一件衣服，连半个糖豆豆也没有给女儿买，都用到了我认为最应该用的地方去了，大狗和老狗们，你们有权利和资格发出这样的吠声吗？

汪汪汪……呜呜……汪汪！

西游的味道

中国的僧侣，最有名的当然是"唐僧"玄奘，他的成名并不因了《大唐西域记》这本书，倒是因明代的吴承恩为他作了一部神魔小说《西游记》。一个孙悟空把唐僧的形象提得飙升起来，乃至于街衢巷闾，老叟黄童，都能随口来一段"七十二变""筋斗云"之类的神魔故事。人人都晓得唐僧肉好吃，吃一口便能长生不老。诚实，善性，固执，昏昧……这些词似乎凑起来便是"唐僧"。

我最早读《西游记》是小学四五年级。读这书的感受是：对唐僧没有感受；对孙悟空是极端的崇拜和景仰；对猪八戒则是"太有趣了"；沙和尚呢，"老实没本事"。且是当时我死活弄不明白，三个徒弟本事恁大，凭什么管唐僧叫"师父"——孙悟空翻个筋斗到西天,不就把经取回来了? 如来干吗要他们吃这么多苦头才肯把经传过来? ……不懂就问,问老师也回答不出个所以然。只有一个老师回问了我一句:"你不肯吃点苦好好学习,能考一百分吗?"我当时脑筋不够用,功课也不好,还以为他是批评我,没往心里去,到了老大岁数才明白老师是"双关"的话。

中国的小说大致都有个核心点睛的情节,古人说话叫"关捩",《三国演义》的关捩是赤壁之战,而《西游记》则是大闹天宫。读者不妨做个试验,如果把赤壁故事从《三国演义》中删去,而《西游记》中没有"大闹天宫",这两部书身价不是跌落一半,而是要跌出百分之九十去了——把魂儿都给没了,把书的神给灭了。书的更高境界是不以情节而以精神贯串全书,这样的书没有"核心关捩",翻开任何一页都能让人孜孜地读下去,去掉哪个情节,也不会影响你的阅读兴味——你读读《红楼梦》看,就是这样。《西游记》没有达到这个档次,《西游记》是比《红楼梦》要低一个档次的。

比《红楼梦》低一个档次,不算耻辱,仍是高水平的,仍是了得的。它有一个接受阶次的事,你中学毕业时喜读《西游记》,到你成了大学中文系学生,又喜欢读《红楼梦》,这一点也不稀奇。我有一段读《西游记》自我疯魔,逢人就说"孙悟空"。后来大了,听人揶揄,"读了《西游记》,说话如放屁",才收敛了。

如果当心一点,《西游记》里头的道士们都是有点尴尬的,太上老君算一个,让人把八卦炉都蹬倒了,还有五庄观镇元道士的人参果树倒了,自己不能治活,还得观音来用净瓶杨柳水施治。老君是道士的领袖吧,他治不了孙悟空,要如来方能解决问题,镇元是道士"二把手"吧,还不是要观音来?——显见得比"释"们要低一个层次的。我长期认为,《西游记》的作者不是个和尚,至少也是个崇佛居士。

然而后来读书多了,看了资料,才晓得,清初人普遍认为《西游记》是邱处机作的。这使我很目瞪口呆了一阵子,邱处机是金人,是货真价实的一个"著名道士"呀!现在的年轻人有几个没读过金庸的?他的书里邱处机的事多了去了。资料里说得明白,他真的是写过一部《西游记》的。但是,我们再看纪昀(纪晓岚)的《阅微草堂笔记》，指摘《西游记》中的"东城兵马司""锦衣卫"都是明代才有的，邱处机是无法用这词的。可见我们见到的《西游记》与邱某人无关。

历史上的事，有时真的是越弄越糊涂，有时真的只能去问一问自己的感觉。

孙悟空偌大本领，十万天兵太上老君观音齐出动，奈何不了一根金箍棒。但他"归正"之后，跟了唐僧，太上老君的烧火童子就把他治得苦不堪言，佛祖菩萨随便哪个坐骑私离出来，孙悟空就拿人家没办法！他怎么突然变得这么无能呢？这也是我百思不得其解的事。这一解竟是俗得不能再俗的一句话："强龙不压地头蛇"，他在花果山是地头蛇，跟了唐和尚，变了强龙——这就是感觉。

我还有个感觉，《西游记》还真可能是道士写的。如果把孙悟空比作金，猪八戒是木，沙和尚是水，白龙马是火，唐僧则是土，五行联合，战胜困难，经历磨难，求取真经——则就带了"道"味了。这个感觉对不对？这一组人物的心理属别在《西游记》中若明若暗多有表示，应该是差不多的，至于"揶揄道士"的理念，我也认为似乎是道士自我调侃,至于"兵马司"等问题,也有可能是后人搀入的词……

当然,这不是学术,是感觉。

真正的历史事实,唐僧玄奘绝不是小说里头那般一个小白脸——文弱、庸善、窝囊。我的老师冯其庸曾沿着玄奘当年西行的路走了一遭,黄沙接天,大漠孤客无人穿行,其况味如何?遑说当年步行,即今"现代化走路",那也是极不容易的,你去看看这条路,就可以想见这个人。

唐和尚的真正贡献,是把佛教的火种引进了中原,我们自身的一维文化,天是圆的呀地是方的,忠孝节义三纲五常呀……就这一味,加上道士的方药——不了解还有完全不同的另一维文化,玄奘把它引入了。这种文化与中原文化一旦融汇,就产生出杂交优势,创造出中华佛教文化灿烂夺目的辉煌。

读《西游记》,可以读出这点味道来,兴致何如?

"正清和"的思谓

　　与月照大和尚见面是在文怀沙家。我对文怀沙是久慕其名,因为老人的一首长诗作评,与田永清将军相约前往拜会,在座的还有女作家王钢。正聊得高兴,月照来了。这么一个"沙龙"当时便使我感到诧异:文翁是国学大师,田永清是行伍,我写小说,王钢侍弄报告文学,月照则是丛林中人,"类别"如此不同,怎么一会儿工夫就聚在了一处? 那天晚上谈得有点如《文心雕龙》里头的话"风行水上"那样恬透、自然、愉悦。

　　自此之后,和月照就有了不少过从。他给我寄来了不少佛学典籍,还有他自己写真的观音、罗汉法像图,这很使信佛的家人们欣欣然,觉得很吉祥。

当然,我也就因而知道了月照的字画。

本来,我的字不好,更遑论画画。但这几年也弄几笔,什么目的也没有,为的就是调理身体,多活几年。网上现有网友大声呵斥说:"二月河你别写字了!"然而这是我的"小五个一工程"——每天绕着五件事:一幅字,一幅画,一篇短文,一首诗,还有走一个小时的路。不是每天都做完,但就做这些事而已。我以为,无论世情、时情还是史情,没有哪个人能命令别人不能写字作画,这就好比拉屎撒尿,你是天王老子,下这样的命令,我也不能遵从。我觉得墨汁里头一定有祛病祛邪的益人物事,书家、画家长寿必有一定道理。我以为除了墨汁的香,还有心态的平和、静穆与空灵,洗刷了我们充满冗杂烦恼的灵台脏腑,它才有这样的功效。因此字画好不好那是一回事,我爱作是我的自由、我的选择。而居然地,万里的儿子万伯翱见了我的画,他写了一篇长文《画家二月河》,在海外一家大报用通栏大标题给刊了出来。

人必须有自知之明。我还是要说,我的字不好,画也不好。索字索画的人是冲着"二月河"来的,想要的话大致也得掏钱——你去希望工程掏去,凭条来取字画。我认为,这是大家都该做的事。儒家道家释家,都以为这应该算作"功德"。

我说这么一通话,意思是文老的字好。他快一百岁的人了,就算从上世纪"五四"时练起,你算算他练了多少年了? 能不好吗? 月照和尚为这篇序给我写了长信,那字也真的漂亮,还有他从前赠我的圣图,家人们选不出适当的"学术词语",就只有啧啧称赞:"哎呀呀,这真好! 好得很! 好极了……"文怀沙的字大气磅礴,开合自如,苍劲里带着柔韧,磐石那样坚稳,不移不摇,这也和他的人一样。月照的画给我的印象是细腻不苟,画中对佛家的诚敬、尊爱是一目了然的;他的字用笔中锋很正,俊秀挺拔,一点也不见张扬跋扈之象,也许参禅能把禅味带进字中?

文翁送给我了三个字:正清和。字是不必再夸了,意思也是极明白。孟子善养浩然正气,"正"当然是儒家的;"清"是道家的;"和"呢? 佛的。这样简练就涵盖了我们民族传统文明的内核。这是在写字,也是在宣讲他的世界观与方法论。月照是和尚,佛家几乎不讲别的,他宣明的只有两样:缘分与慈悲。

这样两个出身经历——过程与结果都不一样的人竟成忘年之交,竟合写出这么一个册子,奇异之余引人深思。

我曾在几所大学讲学,说过这样的话:"现在我们的文凭越来越高,素质却每况愈下。"我说这话有根据。美国的"九一一"事件出来,打开我们的网页令人瞠目:一片叫好声!世贸大厦里都是该死的人吗?看到这么多无辜的人陷入灾难,这里却一片欢呼雀跃,别说月照这样的和尚,就是我们满身烟火俗杂的人拍手称快,"正"吗?"清"吗?"和"吗?从大学教授、政府高官这样高层次的人,为"学术"为"进步"而收受贿赂,到小学生竞争班组长用贿赂手段,甚至匪寇盗贼都不讲黑道规矩,践踏"盗亦有道"的原则……这些事不值得注意?

他们的这个册子当然不能解决这些问题,社会学家的事别人不能越俎代庖,但我们每个人都应有参与的意识吧?我们应该为真善美做一点自己力所能及的事吧?

由这一点上说,他们走到一处也是很正常的一件事。

《邹阳狱中上梁王书》中说,人之交"有白头如新,

195

倾盖如故",有的人你与他一间办公室工作了几年还像昨天才见那样陌生,有的人只要一见面就会成为终生的朋友。这种结合,本来就是心灵的契合。

空是不空,不空是空。文翁和月照请我说几句,就这样几句吧。阿弥陀佛!

"林四娘"题材运用

我看《蒲松龄年谱》，读到最后一页，是康熙五十四年蒲老先生死："……至二十二日酉时，依窗危坐而卒。"这本是让人读来酸心之处，忽见下头收笔："是年，曹雪芹生。"我不禁又是一怔：曹雪芹最后的卒年，红学界分成了派，吵了多少年，"生年"更是连吵架都没有勇气的事，此年谱作者盛伟先生却脱口而出，曹雪芹就生于此年——一七一五！但略一定神我就明白了，这是暗示性的语言。说不定盛先生有宿命轮回观，以为曹为蒲的转世吧，不然他怎么会在蒲的年谱结句冷不丁地写上这一笔呢？

我到蒲松龄故居去，尽管当地政府对此处作了很好的保护，但我还是觉得很索寞寒寂。里面的陈列品也少得可怜，只有一本路大荒先生编的《蒲松龄集》稍显眼些，问了问，是"展品不卖"，再问问有没有存书，"没有"。我在房里转悠了一遭，突然瞥见了"衡王府"的照片，心中突然一动。此行带着对蒲松龄的"朝圣"心理，虽说观感有点失望，但我还是有收获的。

青州衡王府里闹过鬼，这鬼名叫林四娘。这件事收进了蒲松龄的夹囊中，我们便在《聊斋志异》中读到了《林四娘》这篇小说。小说有点长，不宜引用，但故事极缠绵悱恻，读之悲情难已。这个鬼故事是否真的，我不敢妄言，但林四娘这个人物我坚信存在过，而且她肯定在衡王府里"出过事"。王渔洋的《池北偶谈》中也记载了这件人事，也说是陈宝钥与林的情愫来往，这与蒲说很相近。康熙年间的林西仲，也写过《林四娘记》。说的版本不同，内容不同，把她写得有点神，很有法力。蒲之说中林四娘会作诗，且是写得很好。

静锁深宫十七年，谁将故国问青天？

闲看殿宇封乔木，泣望君王化杜鹃。

…………

高唱梨园歌代哭，请君独听亦潸然。

王渔洋引林诗，略有不同，但大致意蕴是相同的。忽作恶，也作善。鬼还能作诗，这事罕见。

我看这首诗的亡国情调，很像是前明胜国遗老的作品：处在清室的高压恐怖中，他们畏惧文字之祸，兴言寄托到了女鬼林四娘口。虽说是"红颜力弱难为厉"，但这样不能忘情于"故国"，当局者是比对"厉鬼"还要害怕的吧？

蒲松龄的故事，文学价值当然超越王渔洋，但王渔洋的书很容易刊印，他有钱有势；蒲松龄不行，他穷得要命，正餐都有点困难，遑论出书。

我不曾钻研过明史。到底明初封了多少藩王？洛阳的福王，卫辉的潞王，南阳的唐王，还有这位"衡王"，我看大致光景都差不多，朝廷把皇子分封出去，只要不造反不干预政务，别的事由他胡作非为。南阳的唐王在城里造了一座山，上头建亭瞭望，看见哪家嫁娶便去抢了新娘，享受"初夜权"。洛阳的、青州的王也差不多吧？没有看资料。但蒲氏有形容林是"长袖宫装"，她极可能是个宫中歌伎——因为她还是个处女——是

"遭难而死"的。也可透出一些消息来：是李自成们杀进王宫弄死了她？抑或王爷恼了使性子杀了她？似乎是流寇们干出来的，因为这女鬼没有发王爷的牢骚。我看她很可能是怕受侮辱自杀的。因为她也没说农民军的坏话。

王渔洋是刑部尚书，感情心境、思维方式都带着"政治"观念。他就不说"宫装"而说"姿首甚美"，他也不说"遭难"，说是"不幸早死"。他引用林鬼诗，重大修改"故国"一句，把最后一句修成："梨园高唱升平曲，君试听之亦惘然！"蒲松龄几乎是个平民，说话就照实来，王渔洋就不一样了。一样的题材，一样的故事，我们可以窥见作者不同的城府。也可以知道，蒲松龄做官的"基本元素"是欠缺的。他幸而没当官，他要做到王渔洋那般地步，说不定给我们写一本《池南偶谈》来看，看《聊斋志异》那就别想了。

高手们的思维是"英雄所见略同"的，曹雪芹也看中了林四娘这女鬼。但他是把林四娘当作女英雄来歌颂的，与王渔洋一样，他说这事是"黄巾，赤眉"时的事，回避了"亡国"的政治敏感点。他这样写道，"丁香结子

芙蓉绦,不系明珠系宝刀"！他一下子刷新了林的女鬼形象:

> 恒王得意数谁行? 姽婳将军林四娘。
>
> 号令秦姬驱赵女,秾桃艳李临疆场。
>
> ············
>
> 胜负自难先预定,誓盟生死报前王。

她战死在军中了。一位殉国的巾帼英豪,由长歌古风流映彩华,光照红楼,这固是贾宝玉"女权"思想的宣泄,也见到了曹雪芹与蒲松龄的不同之处,他奔放,飘逸,大气夺人。

同是文坛高手,同一题材,神通般若各有高招。

"小说家的散文"丛书

《我画苹果树》　　　　铁　凝　著

《雨霖霖》　　　　　　何士光　著

《高寿的乡村》　　　　阎连科　著

《看遍人生风景》　　　周大新　著

《大姐的婚事》　　　　刘庆邦　著

《我以虚妄为业》　　　鲁　敏　著

《在家者说》　　　　　史铁生　著

《枕黄记》　　　　　　林　白　著

《走神》　　　　　　　乔　叶　著

《别用假嗓子说话》　　徐则臣　著

《为语言招魂》　　　　韩少功　著

《梦与醉》　　　　　　梁晓声　著

《艺术的密码》　　　　残　雪　著

《重来》　　　　　　　刘醒龙　著

《游踪记》　　　　　　邱华栋　著

《李白自天而降》　　　张　炜　著

《推开众妙之门》　　　　张　宇　著

《佛像前的沉吟》　　　　二月河　著

《宽阔的台阶》　　　　　刘心武　著

《永远的阿赫玛托娃》　　叶兆言　著

《鸟与梦飞行》　　　　　墨　白　著

《和云的亲密接触》　　　南　丁　著

《我的后悔录》　　　　　陈希我　著

《打败时间的不只是苹果》　须一瓜　著

《山上的鱼》　　　　　　王祥夫　著

《书之书》　　　　　　　张抗抗　著

《我觉得自己更像个

　　卑劣的小人》　　　　韩石山　著

《未选择的路》　　　　　宁　肯　著

《颜值这回事》　　　　　裘山山　著

《纯真的担忧》　　　　　骆以军　著

《初夏手记》　　　　　　吕　新　著

《他就在那儿》　　　　　孙惠芬　著

《总有人会让你想起》　　肖复兴　著

《我们内心的尴尬》　　　东　西　著

《物质女人》　　　　　　邵　丽　著

《愿白鹿长驻此原》　　　陈忠实　著

《旅馆里发生了什么》　　　王安忆 著

《拜访狼巢》　　　方　方 著

《出入山河》　　　李　锐 著

《青梅》　　　蒋　韵 著

《写给北中原的情书》　　　李佩甫 著

《星斗其文，赤子其人》　　　汪曾祺 著

《熟悉的陌生人》　　　李　洱 著

《一唱三叹》　　　葛水平 著

《泡沫集》　　　张　欣 著

《写给母亲》　　　贾平凹 著

《无论那是盛宴还是残局》　　　弋　舟 著

《已过万重山》　　　周瑄璞 著

《众生》　　　金仁顺 著

《如果爱，如果不爱》　　　阿　袁 著

《故事与事故》　　　蒋子龙 著

《回头我就变了一根浮木》　　　潘国灵 著

《三生有幸》　　　北　乔 著

（以出版时间先后排序）

图书在版编目（CIP）数据

佛像前的沉吟／二月河著. --郑州:河南文艺出版社,2022.5
（"小说家的散文"豫籍作家系列）
ISBN 978-7-5559-1324-5

Ⅰ.①佛… Ⅱ.①二… Ⅲ.①散文集-中国-当代 Ⅳ.①I267

中国版本图书馆 CIP 数据核字(2022)第 034099 号

选题策划	陈　静	
责任编辑	陈　静	
书籍设计	刘婉君	
责任校对	赵红宙	

出版发行　河南文艺出版社
本社地址　郑州市郑东新区祥盛街 27 号 C 座 5 楼
承印单位　河南瑞之光印刷股份有限公司
经销单位　新华书店
开　　本　700 毫米×1000 毫米　1/32
总 印 张　60.375
总 字 数　888 千字
版　　次　2022 年 5 月第 1 版
印　　次　2022 年 5 月第 1 次印刷
定　　价　258.00 元(全 9 册)

版权所有　盗版必究
图书如有印装错误,请寄回印厂调换。

印厂地址　河南省武陟县产业集聚区东区(磨店镇)泰安路
邮政编码　454950　　电话　0371-63956290